CHAMAS DA MALDADE

GERALDO ROCHA

CHAMAS DA MALDADE

ns

São Paulo, 2021

Chamas da maldade
Copyright © 2021 by Geraldo Rocha
Copyright © 2021 by Novo Século Editora Ltda.

EDITOR: Luiz Vasconcelos
COORDENAÇÃO EDITORIAL: Stéfano Stella
REVISÃO: Stéfano Stella
DIAGRAMAÇÃO: Manu Dourado
CAPA: Kelson Spalato Marques
PROJETO GRÁFICO: Stéfano Stella

Texto de acordo com as normas do Novo Acordo Ortográfico da Língua Portuguesa (1990), em vigor desde 1º de janeiro de 2009.

Dados Internacionais de Catalogação na Publicação (CIP)

Rocha, Geraldo
Chamas da maldade / Geraldo Rocha. – Barueri, SP :
Novo Século Editora, 2021.
192 p.

1. Ficção brasileira I. Título

21-3663   CDD-B869.93

Índice para catálogo sistemático:
1. Ficção brasileira

GRUPO NOVO SÉCULO
Alameda Araguaia, 2190 – Bloco A – 11º andar – Conjunto 1111
CEP 06455-000 – Alphaville Industrial, Barueri – SP – Brasil
Tel.: (11) 3699-7107 | E-mail: atendimento@gruponovoseculo.com.br
www.gruponovoseculo.com.br

"A mente é um campo de batalhas, onde a bondade e a maldade digladiam pelo que existe de melhor e de pior em cada ser humano"

Dedico esse livro à Jéssica,
uma alma leve, um espírito inquieto
e aventureiro.

PRÓLOGO

Miqueias desceu a rua caminhando apressado. Uma chuva fina e intermitente caíra durante a noite. As marcas do aguaceiro ainda estavam por todo lado, encharcando a barra da calça toda vez que era obrigado a pular uma poça d'água para não molhar os sapatos. Saiu de casa bem cedo, para encontrar Danilo, antes do início do expediente na loja, que abria pontualmente às 7 horas.

Mesmo apertando o passo, quando chegou à loja, passava um pouco das sete. As portas estavam cerradas. Isso o deixou ainda mais intrigado, reforçando o pressentimento de que algo ruim teria acontecido. Na noite anterior, Miqueias sentira que Danilo estava bastante angustiado. Nunca o vira tão transtornado, a ponto de gaguejar quando tentou dizer o que corroía suas entranhas. Por mais que pedisse para se acalmar, ordenar os pensamentos, Miqueias ficara com a impressão de que ele poderia perder o controle e fazer uma besteira.

Danilo trabalhava com o pai adotivo na loja de ferragens, desde muito pequeno. Menino esperto, olhos negros e brilhantes, o cabelo escorrido como de um índio, começou cedo, abrindo as caixas de produtos que chegavam da capital; colocava as mercadorias nas prateleiras, cada qual em seu devido lugar. Seu Pascoal era deveras metódico e conferia tudo pessoalmente. Não permitia ferramentas fora do lugar.

Depois, já crescidinho, beirando os 12 anos, Danilo passou a limpar a loja e embrulhar as compras dos fregueses. Com o tempo, passou a atender a maioria dos clientes. Era rápido para encontrar as mercadorias, afinal, era ele quem as guardava nas prateleiras, sabendo exatamente onde cada uma se encontrava. Isso encantava as pessoas na hora da compra, e seu Pascoal, ainda resistente em colocá-lo no balcão, acabou se rendendo ao talento do menino.

Essa rotina, iniciada quando ele tinha 8 anos de idade, foi interrompida aos 16 anos, quando já saía da adolescência. Nessa época, ele usava o cabelo cortado ao estilo militar, com uma mecha caindo pelo lado esquerdo da cabeça. Estava sempre de cara fechada, e quando sorria, realçava o canto dos lábios, como se fizesse uma careta. O olhar enigmático, as sobrancelhas grossas e escuras, davam-lhe um aspecto indecifrável: misterioso e distante, como se escondesse os sentimentos no mais profundo de sua alma. Muito tempo depois, ele voltaria a trabalhar na loja de ferragens de seu pai.

Naquele tempo, Danilo começava seu expediente às 7 horas, indo até o meio-dia, quando almoçavam. Não era uma norma escrita, ou contratual, era apenas uma combinação entre eles. Também não recebia salário pelo trabalho. Suas necessidades eram atendidas pelos pais e tudo ficava por isso mesmo. Na parte da tarde, estudava até às 17 horas, e à noite, podia passear na praça, frequentar a igreja e sorrateiramente assistir aos cultos ministrados pelo mestre Miqueias.

Todos na cidade conheciam a rotina do seu Pascoal. Ele nunca abria a loja fora do horário estabelecido. *Quem sabe teria ocorrido algum contratempo? Preciso encontrar Danilo e falar com ele*, matutava Miqueias. Passou pela frente da loja, entrou por um portão lateral bem estreito e acessou a área dos fundos. Adentrou pela área de acesso à cozinha e empurrou a porta que estava apenas encostada.

A família morava nos fundos da loja, em uma casa simples, porém confortável. A residência era composta de uma sala que tinha a função de estar e de cozinha. Desse ambiente saía um corredor por onde se podia acessar os três quartos com banheiros individuais. No canto da área havia um pequeno lavabo que também servia como banheiro social. Do outro lado, um quarto, usado antigamente para visitas.

Quando Miqueias empurrou a porta, pôde notar pelo vão uma fumaça escura começando a ganhar a parte externa. Bateu palmas e ninguém respondeu. Empurrou a porta com mais força. As dobradiças rangeram e ele avançou a cabeça para dentro. O local estava na penumbra. As janelas fechadas e as luzes apagadas. Pequenas labaredas saíam de uma toalha em cima do fogão. No outro cômodo, uma fresta de claridade invadia o corredor pela porta entreaberta. Ele apertou os olhos, se esforçando para enxergar na escuridão, e uma cena pavorosa o deixou paralisado:

Dois corpos estendidos no chão.

O primeiro caído no centro da sala, outro na porta que acessava os quartos. Foi entrando devagar e escutou o choro de uma criança. Avançou pelo corredor e abriu a porta do quarto. Chamas intensas tomavam conta do ambiente. As cortinas estavam sendo consumidas pelo fogo. *Em minutos isso aqui vai se transformar num amontoado de cinzas,* pensou. Não demoraria para atingir os outros cômodos e também a loja. Miqueias viu uma mulher quase sem roupa caída sobre uma poça de sangue. Seu corpo desnudo apresentava várias perfurações, denotando a violência com que havia sido atacada. Os olhos, ainda abertos, demonstravam o pavor que sentira em seus momentos finais. O menino de aproximadamente 4 anos, segurava uma camisola ensanguentada. Seus olhos refletiam um imenso terror.

Por alguns segundos Miqueias imaginou o que fazer. Não demoraria para o fogo se alastrar e alguém chamar o corpo de bombeiros. Olhou para a criança desamparada e não pensou duas vezes. Pegou-a pelos braços, aconchegou-a em seu peito e ele parou de chorar. Voltou pelo corredor, chegando até a área de serviço. Passeou os olhos pelo quintal e viu um homem debaixo de uma árvore, olhando para o nada. Pelo perfil e pelas roupas, reconheceu Danilo.

Ele usava uma máscara que Miqueias identificou de imediato. Era similar àquelas usadas em alguns cultos na sua igreja. Deduziu que aquilo fazia parte da tragédia ocorrida naquela casa. Saiu pelo mesmo portão por onde entrara, levando a criança nos braços.

CAPÍTULO 1

Seu Pascoal e dona Filomena moravam na cidade de Caetité no alto sertão baiano desde o início da juventude. Ele veio do distrito de Brejinho das Ametistas, distante vinte e oito quilômetros da sede do município, para trabalhar na mina de exploração de urânio e conheceu Filomena em um baile que acontecia aos sábados nas proximidades de onde moravam. Município com mais de 200 anos de existência, Caetité conservou muitas histórias do tempo dos desbravadores do sertão. Apesar das riquezas naturais da região, a cidade não cresceu muito. Rota de turistas em busca do descanso no litoral sul da Bahia, a cidade convive até hoje, com uma demanda grande de passantes, para uma infraestrutura incipiente. As casas de adobe, os telhados baixos e as pingadeiras de chuva, ajudam a conservar a história dos primeiros colonizadores, misturados com a arquitetura moderna dos bairros mais nobres e condomínios de classe média.

Desde que começou a trabalhar na mina de urânio, Pascoal sonhava em montar sua loja. Não conseguiu se adaptar àquele labutar grosseiro sob o sol escaldante e aos muitos calos nas mãos. Queria mais do que trabucar como mineiro por toda a vida e ao final não ter um teto para se aposentar. Durante alguns anos juntou cada centavo, gastando apenas o essencial para sobreviver, e, com isso, conseguiu abrir uma lojinha de ferragens. No começo era apenas uma porta, mas com o tempo conseguiu expandir e ter uma loja grande, de três portas, com acesso direto para a rua e bem abastecida de mercadorias.

Pascoal e Filomena, a quem ele chamava carinhosamente de Filó, começaram a namorar ao dançar a primeira música juntos. Ela era de família pobre, sem muitos recursos e pela tradição da família, o futuro seria arranjar um homem direito, trabalhador e se casar. Encantou-se com o rapaz alegre e prestativo, conversador e sorridente. No final do baile já estavam marcando de se encontrar no outro dia. Após dois anos de namoro eles se casaram e foram morar nos fundos da loja. Começaram a construir a casa aos poucos e, com o passar do tempo, tornou-se um lugar agradável, onde o casal encontrava sua privacidade.

Sonhavam em ter filhos, entretanto, por alguma razão que desconheciam, não puderam realizar o sonho. Faltava esse complemento em suas vidas. De vez em quando, Filomena reclamava que a velhice poderia ser dolorida sem alguém para cuidar deles, e que não teriam para quem deixar a loja, ocasião em que Pascoal assegurava: se essa fosse a vontade de Deus, Ele, com certeza saberia o que estava fazendo e na hora certa, tudo se ajeitaria conforme a Sua vontade.

Janete, uma sobrinha distante de Filomena, fora morar com eles assim que ficou órfã. Moça arredia, calada e trabalhadeira, não era de dar conversa para homens. Alguns até tentaram se aproximar, mas ela não encompridava as ideias, e como não era tão bonita, não tinha muitos interessados. Quando Pascoal precisou fazer uma reforma na cozinha, contratou um pedreiro indicado por um amigo para fazer o serviço. O rapaz simpático, bom de conversa, chamado Isidoro, se engraçou com Janete e quando terminava o trabalho do dia, ficavam conversando até mais tarde.

Observando o comportamento dos jovens, Filomena tinha impressão de que alguma coisa iria resultar daqueles encontros.

— Janete, você está se interessando pelo Isidoro? O que ele anda falando com você? Pascoal o contratou na cidade e ninguém sabe nada sobre ele — ponderava.

— Nada de importante, tia. A gente conversa sobre muitas coisas. Ele fala da vida dele, nada demais. Por quê? — retrucou.

— Você já é maior de idade, mas tome cuidado com esse rapaz. Ele parece não ter muito compromisso — aconselhou a tia.

— Não se preocupe, tia Filó. Não vai acontecer nada. A gente só conversa mesmo — afirmou Janete.

Filomena não insistiu, entretanto percebia que estava acontecendo algo entre aqueles jovens. Nunca vira Janete tão alegre e entusiasmada. Trabalhava cantando, não reclamava de nada como era seu costume, e, por diversas vezes a surpreendia em frente ao espelho, arrumando o cabelo. Atitudes de gente interessada em ficar bonita, em agradar alguém do sexo oposto.

Depois de um mês a reforma terminou e Isidoro foi embora. Durante algum tempo, voltou à casa para visitar Janete. Às vezes vinha de manhã e passava o dia, outras vezes, chegava ao final da tarde e ficava até à noite. As visitas ficavam cada vez mais esparsas, até findarem de vez. Janete ficou amuada por mais de uma semana, o sofrimento corroendo-a por dentro. Gostava de Isidoro e ele desaparecera sem dar notícias.

Janete foi até o bairro onde Isidoro morava e encontrou Leôncio, seu primo. Perguntou por ele e ficou sabendo de sua mudança para Guanambi com a família.

— Como assim ele se mudou com a família, Leôncio? — perguntou Janete, perplexa.

— Ele foi com a mulher e os filhos, Janete. Recebeu proposta de uma fábrica para trabalhar lá. Não ganhava quase nada aqui — respondeu.

— Eu não sabia, Leôncio! Ele era casado? Nunca me falou de mulher e filhos — disse ela, incrédula.

Leôncio olhou para ela sem saber como explicar. A menina estava desnorteada, com os olhos marejados.

— Eu disse a ele para conversar com você, Janete. Mas ele preferiu não falar contigo.

Janete não disse mais nada. Não adiantava continuar aquela conversa. Tinha sido enganada por Isidoro. Fora apenas uma diversão e nada mais. Voltou para casa arrasada, chorando em silêncio.

Filomena percebeu alguma coisa no ar e perguntou:

— Janete, o que aconteceu? Procurei você à tarde e não te encontrei. Você está passando bem? Está com cara de quem chorou — disse, chegando perto dela.

— Nada não, tia Filó. Caminhei pela cidade. Queria ver se encontrava o Isidoro — respondeu ela, sem esconder a tristeza.

— E pelo jeito, não o encontrou — afirmou Filomena, arqueando as sobrancelhas.

— Verdade, tia. Ele foi embora para outra cidade. O primo dele me contou — respondeu.

— E você vai ficar chorando pelos cantos? Eu te avisei pra tomar cuidado com esse rapaz — lembrou a tia.

— Pois é tia, ele é casado, tem dois filhos — falou Janete, não conseguindo segurar as lágrimas.

Filomena se aproximou e sentou-se ao lado dela. Pelo tempo que moravam juntas, aprendera a gostar da garota como se fosse uma filha. Dava pena vê-la sofrer assim. No seu primeiro envolvimento com um homem, já colhia uma desilusão tão grande. Abraçou-a, acariciou seu cabelo e disse, tentando consolá-la:

— Não fique triste assim, minha filha. Isso acontece. Os homens são muito volúveis e você vai esquecer esse rapaz.

Janete ficou em silêncio, apenas um soluçar baixinho indicava o quanto ela estava sofrendo. Ouvia em silêncio as palavras de sua tia. Por fim, respirou fundo e disse:

– Eu estou grávida, tia. Como vou fazer agora, com uma criança sem pai? – revelou ela.

Filomena levou um susto. Por sua experiência de vida, ela imaginava que os jovens estariam se envolvendo de forma bastante intensa. Alertara Janete, mas agora entendia que seus conselhos tinham sido em vão.

A gravidez transcorreu sem problemas. Enquanto a barriga de Janete crescia, Filomena cuidava para a criança chegar com saúde. Reformou o quartinho que antes servia como despensa, colocando cortinas novas, enquanto Pascoal providenciou um berço novinho em folha. Aquele sonho antigo, de terem um herdeiro estava se realizando, através da maternidade de Janete, a qual consideravam uma pessoa da família. Acompanharam-na durante o parto no hospital, e, quando ela recebeu o filho no quarto, eles não couberam em si de tanta alegria.

– É um garoto muito bonito – disse Janete, acariciando as bochechas do pequeno rebento.

Filomena pegou o bebê nos braços e caminhou pelo aposento, balançando-o carinhosamente.

– Já pensou em um nome para ele? – perguntou.

– Ainda não decidi. Pensei em Danilo. O que a senhora acha tia?

– Acho Danilo um nome bastante forte. Por mim está aprovado. Você gosta do nome, Pascoal? – perguntou, virando-se para o marido.

– Gosto do nome sim. Muito bonito! – concordou o esposo.

Janete não tinha muita paciência com o bebê. Amamentar para ela era um martírio; reclamava que seus mamilos doíam quando ele sugava com muita força. Filomena, por sua vez, sentia-se verdadeiramente mãe de Danilo. Trocava fraldas, dava banho, acordava à noite para dar mamadeira e em nenhum momento sentia cansaço, se era para cuidar do pequerrucho.

Na véspera do filho completar um ano, Janete começou a namorar um rapaz que conhecera em uma festa. Ele era de uma cidade vizinha, e depois de algum tempo de namoro, resolveu acompanhá--lo. Mudou-se, deixando Danilo com Filomena, que assumiu de vez o papel de mãe do pequeno.

Danilo cresceu forte e saudável, e quando completou 7 anos, começou a frequentar a escola. Aos 12 anos, seu histórico escolar não era dos melhores. As reclamações dos professores e da diretoria da escola eram uma constante. Quase toda semana uma desavença entre colegas o deixava com marcas pelo corpo. As traquinices típicas de crianças dessa idade não bastavam para Danilo. Tudo o que ele fazia era acrescido de uma pitada de crueldade.

CAPÍTULO 11

Miqueias era um sujeito esquisito. Alto, magro, o rosto encovado, a barba descendo uns doze centímetros abaixo do queixo, parecia um daqueles personagens de filmes de aventura. Devia contar uns 55 anos de vida, mas os olhos profundos e penetrantes davam a impressão de um pouco mais. Apareceu em Caetité de repente, sem ninguém saber de onde vinha, acompanhado de sua esposa Clarissa. Loira, cabelo cacheado, caindo sobre os ombros, aparentava ter 50 anos. O rosto guardava um pouco da beleza da juventude, dando sinais de ter sido uma mulher atraente. Agora, carregava um certo ar de cansaço, principalmente em volta dos olhos. Trabalhavam com artesanato, fazendo lindos colares e pulseiras de miçangas. Eram discretos, simpáticos e descolados.

Desde jovem Miqueias cultivava uma vida errante. Morou uma temporada na Dinamarca, onde conheceu Clarissa. Os dois rodaram por outros países em viagens ao redor do mundo. Essa jornada de mochileiros, hospedando-se em *hostels*, e também em comunidades hippies, fizeram com que tivessem uma convivência profunda com pessoas de culturas diferentes. O questionamento dos dogmas tradicionais, os levaram a se aprofundar em filosofias alternativas. Estudaram sobre o ocultismo, esoterismo, astrologia e paranormalidade. Acreditavam em entidades sobrenaturais.

Voltando para o Brasil, Miqueias fundou uma seita denominada Templo de Saturno. Em razão de sua diversidade de pensamento, não conseguia definir exatamente a concepção filosófica da sua igreja. Em linhas gerais, ele pregava o amor de forma completa: dedicação, simplicidade e doação. Pregava a rejeição a uma doutrinação específica e a obediência a uma entidade única. Ele acreditava que os planetas exerciam uma grande preponderância sobre os acontecimentos na Terra, e tudo girava em torno de uma energia cósmica. Era convicto da existência de seres de outros planetas e entidades sobrenaturais que, de alguma forma, influenciavam na formação de cada ser humano. O que se depreendia de suas atitudes, era uma visão particular da vida, voltada para a liberdade e o amor entre as pessoas.

Após algum tempo na cidade, ele foi se tornando conhecido e arrebanhando pessoas para ouvir suas pregações. Os encontros aconteciam em um espaço alugado ao lado de sua casa, especialmente preparado para isso. A sala onde recebia os seguidores tinha uma luz opaca dominando o ambiente, uma mesa coberta por uma toalha branca e duas velas nas laterais. Detrás da mesa, descia uma grande cortina azul e no centro o desenho de um heptagrama ou estrela de sete pontas.

Em muitas de suas conversas Danilo tentava entender o significado dos símbolos cultuados por ele.

– Mestre, qual o significado do heptagrama? – perguntou Danilo.

– A estrela tem diferentes interpretações: para muitos está relacionada às coisas sagradas, como os sete dias da semana, os sete planetas na tradição antiga, os sete mágicos e também aos sete pilares da sabedoria.

– Pode também estar ligada aos sete pecados capitais, mestre? – inquiria Danilo.

– Sem dúvida, filho. Na nossa igreja não tratamos as fraquezas humanas como pecado, mas podemos admitir que o heptagrama abrange as principais vicissitudes da humanidade.

Os seguidores de Miqueias eram pessoas arrebanhadas aleatoriamente. A maioria estava desiludida com os ensinamentos tradicionais, necessitando de algum incentivo para voltar a acreditar. Essa descrença, somada à eloquência com que ele se expressava, fazia os adeptos se identificarem com a sua mensagem. Ele gostava de ser chamado de guia espiritual ou mestre, entretanto, seus devotos não conseguiam tratá-lo dessa forma, e ele acabou sendo apelidado de pastor Miqueias.

Em suas pregações, Miqueias assegurava que a conjunção dos planetas, dependendo de qual deles estivessem envolvidos, suas posições e do grau de proximidade entre eles, poderia se traduzir em mais tensão ou harmonia aos seres terrestres. Ele explicava:

– A conjunção entre o Sol e Mercúrio tende a ser neutra, então, as características podem ser favoráveis ou desafiadoras na mesma intensidade. As fases da Lua, alternando-se constantemente a um intervalo aproximado de sete dias, exercem grande influência sobre a vida na Terra.

Danilo se encantava com suas explicações:

– Mestre, então é verdade a influência da Lua sobre as marés, as colheitas e até a fertilidade?

– Sem dúvida! Tudo gira em torno dessa força cósmica.

– E os metais? Exercem alguma influência na esfera terrestre? – perguntava Danilo.

– Os cristais, assim como outros dínamos, são catalizadores de energia. Os elementos energizados são a grande força de atração e poder da humanidade. São aliados poderosíssimos na busca da cura do corpo e da alma.

Miqueias tinha verdadeira crença na evolução dos espíritos. Ele pregava que os mesmos permaneciam entre nós por vários anos após a morte, e que somente após a expiação dos erros dos indivíduos, e de uma constante evolução, os espíritos atingiam a perfeição. Enquanto isso não acontecia, vagavam pela escuridão. Ele não gostava de falar de pecados. Cada pessoa tinha o direito de fazer o que quisesse, mas depois deveria arcar com as consequências, seja em vida, ou depois da morte. Afirmava ainda que, ao longo da história da humanidade, podiam ser encontrados relatos de povos antigos que acreditavam na existência de seres ou entidades sobrenaturais.

Os antepassados deixaram registros de um mundo dividido entre o bem e o mal: os espíritos malignos, preferem as noites escuras e tenebrosas, em contraste com anjos do bem. Estes ficam sempre ao lado dos seus entes queridos. Miqueias misturava todas essas teorias e entidades dentro de um clima místico e eletrizante.

No fundo, tudo é regido pela conjunção de fatores universais, controlados por forças inexplicáveis e invisíveis. Estas são direcionadas para a Terra por impulsos magnéticos através dos planetas e das estrelas. Todo o planeta se resumirá em uma grande nuvem, onde todos serão sugados, transformando-se em energia cósmica. Por isso, os seres humanos precisam se amar, expulsar as influências das forças e entidades do mal. "É preciso vigiar, para as pessoas não serem levadas para o lado escuro do universo" – dizia ele.

Danilo o conhecera em um atendimento na loja, quando ele viera comprar uma furadeira. Nesse dia, Pascoal tinha saído para ir ao banco e eles puderam conversar por um bom tempo. Danilo ficara impressionado com as palavras de Miqueias, e este o convidara para conhecer sua igreja. Ele compareceu uma primeira vez, tornando-se um frequentador assíduo. Começou aos 13 anos, e já fazia mais de 12 que seguia as orientações do seu mestre.

CAPÍTULO III

Valentim era o melhor amigo de Danilo. Se encontraram pela primeira vez numa tarde ensolarada no largo da igreja matriz, onde os garotos se reuniam para soltar pipa. Nessa época ele tinha 12 anos, um a menos que Danilo. A empatia entre eles foi imediata. Ao contrário do amigo, Valentim era loiro de olhos claros, sorriso expansivo e muito comunicativo. Por onde passava fazia amizades rapidamente. Danilo acabara de mudar de colégio, e por coincidência, passaram a estudar na mesma turma. Não se desgrudavam e sempre buscavam uma forma de atrair mais colegas para ficar em torno deles. Brincavam e faziam estripulias características de crianças daquela idade.

Danilo exercia uma forte influência sobre Valentim. Sua personalidade forte e dissimulada atraía a confiança do amigo, sempre pronto a lhe seguir em todas as aventuras. Uma das coisas que o impressionava era a forma como seu amigo tratava os animais; sempre com muita crueldade.

Naquele dia, sentados na margem do córrego, eles observavam a correnteza. A força da água puxava uma corda amarrada ao galho de uma árvore. Em sua ponta, um cachorrinho nadava bravamente contra a correnteza. Ele observava a cena e ficava cada vez mais indignado.

— Danilo, tenha piedade! O pobre cachorro vai morrer afogado. Precisamos tirá-lo da água. Ele não vai resistir! — disse Valentim, assustado.

— Não se preocupe, ele vai conseguir nadar e daqui a pouco nós o traremos para a margem — respondeu.

Valentim sentia pena do esforço feito pelo cachorrinho para se manter na superfície. Em seu ímpeto queria enfrentar Danilo, mas não tinha forças para tanto.

Saíram da escola assim que a sirene tocou para o intervalo. Danilo havia prometido uma surpresa para ele, e o levou para uma rua deserta, atrás da escola. Atravessaram o pátio e passaram para o lado de fora aproveitando uma fenda aberta no muro, e caminharam por uns cinquenta metros. Amarrado a uma árvore, encontrava-se um cachorrinho vira-latas, de cor marrom. Quando ele percebeu os meninos se aproximando, abanou o rabo, como se saudasse a chegada deles.

— Muito bonitinho esse cachorro Dan, onde você o encontrou? — perguntou Valentim enquanto acariciava a cabeça do cãozinho.

— Na rua, quando vinha para a escola; então o deixei aqui pra gente fazer uma aventura com ele — respondeu Danilo.

— Você está pensando em fazer o quê? — perguntou olhando para ele, curioso.

— Ora, Val, vamos ao sítio de seus tios. Lá tem aquele riacho onde a gente toma banho. Estou pensando em ensinar ele a nadar. Você topa?

— Minha mãe diz que todo cachorro quando nasce já sabe nadar, Dan — retrucou.

— Não acredito! Nem todo cachorro sabe nadar na correnteza. Vamos lá, senão a professora vai procurar a gente — chamou Danilo, acenando com a mão.

— Vão sentir nossa falta na hora da chamada. Isso vai dar problema lá em casa — lembrou Valentim, preocupado.

— Se a coordenadora contar para sua mãe, diz que você foi comigo entregar umas mercadorias. Ela vai acreditar — respondeu, tentando convencer o amigo.

Valentim estava temeroso em sair da escola no meio do período. Era um garoto estudioso e tinha a absoluta confiança dos pais. Entretanto, a curiosidade pela aventura o fez concordar com os argumentos do amigo. Por outro lado, não conseguia reagir ou negar um convite feito por ele.

Seguiram pela rua, puxando o cachorrinho pela corda e logo alcançaram uma estrada de terra batida; o córrego ficava nos fundos do sítio. Chegando lá, Danilo apertou o nó da corda, circundando o pescoço do cãozinho; ajustou o laço para ele não se enforcar com o esforço de puxar a corda e soltou o bicho na água. O animalzinho se debateu desesperadamente, tentando ficar na superfície, sem conseguir.

Valentim assistia à cena e seu coração partia. Imaginava outro tipo de aventura. Ele ficando em uma margem, Danilo na outra, incentivando o cachorrinho a nadar e participar de uma brincadeira prazerosa. Aquilo que o amigo estava fazendo era uma verdadeira tortura com o animal.

— Danilo, tira o cachorrinho da água! Ele já não aguenta mais — gritou, desesperado.

Já se passara mais de meia hora, o cachorrinho perdia as forças a cada minuto. Valentim olhava aquela cena e seus dentes rangiam com força. Imaginava como poderia interromper aquele padecimento e aliviar o sofrimento do pequeno animal. Sem se conter, avançou sobre Danilo tentando tomar-lhe a corda, mas ele lhe deu um safanão fazendo-o cair e resvalar no barranco. Sentiu uma raiva imensa e uma vontade de socá-lo com todas as forças. Sabia que não podia se bater com ele, pois apesar de serem praticamente da mesma idade — ele tinha 12 e Danilo 13 anos — este era muito mais forte, e ele não teria nenhuma chance.

A sessão de tortura continuava e Valentim se desesperava com os acontecimentos. O cachorrinho perdia as forças cada vez mais e já estava se entregando. Danilo ria, gargalhava quando esticava a corda e depois soltava, fazendo o cachorrinho bater as patas desesperadamente. Valentim olhava para ele e não entendia porque ele sentia tanto prazer. Seu amigo parecia possuído por algum demônio. Já tinham matado passarinhos com estilingues, judiado de sapos com sal e água quente, mas torturar um cãozinho indefeso sem motivo, e ainda se deleitar com essa atitude, era algo inconcebível.

Não suportando mais aquela tribulação, ele não pensou duas vezes. Tirou os sapatos e pulou dentro do riacho, se agarrando ao cachorrinho. Sentiu nos braços o bichinho inerte; sem reação! Vendo sua atitude, Danilo largou a corda e rolou no chão de tanto rir. Valentim subiu para a margem, colocou o cachorrinho no chão e tentou reanimá-lo, imitando algumas cenas vistas em filmes na televisão.

Depois de muito esforço deu-se por vencido. O animal não resistiu e morreu. Procurou Danilo e não o encontrou. Ele havia adentrado para o mato, enquanto Valentim socorria o cãozinho. Parecia não se preocupar com o acontecido. Valentim se levantou, pegou seus sapatos e com as roupas molhadas, seguiu para casa. Foi caminhando devagar. Precisava esperar as roupas secarem e não podia molhar os livros e cadernos, pois seria difícil explicar para sua mãe o que haviam feito. Chegou em casa duas horas depois, entrou para o quarto e trocou de roupa. Quando sua mãe o chamou para jantar, ele fingiu comer, pois não conseguia esquecer a cena macabra. O cachorrinho se afogando no maior desespero, e Danilo rindo do sofrimento dele sem nenhuma piedade.

No retorno às aulas na segunda-feira, ele não olhou para Danilo. Ficaram alguns dias sem se falar, Valentim evitando conversar com ele. Depois de um tempo, no intervalo das aulas, o amigo se aproximou.

– Oi Val, o que está acontecendo? Parece zangado comigo – falou, como se nada tivesse acontecido.

— Nada não, Danilo. Eu só não gostei de sua maldade com o cachorrinho aquele dia — retrucou.
— Ora, Val, não fiz nada com o cachorrinho. Nós fomos lá ensinar ele a nadar. Depois você o soltou. Queria encontrar ele de novo. Pensei até em levá-lo pra casa, mas nunca mais o vi — respondeu.

Valentim não acreditava naquilo; era muito cinismo de Danilo! Negar com tamanho descaramento os fatos, não fazia sentido. Ou seria outro tipo de brincadeira? Não dava para entender a atitude dele.
— Deixa de ser cínico, cara. Você matou o cachorrinho afogado. O coitado ficou lá jogado na margem do rio. Quase fiquei louco de desespero vendo você fazer aquilo — disse, com rispidez.
— Como assim, matei o cachorro? Você o tirou da água e ficou brincando com ele. Chamei você para irmos embora e você nem me respondeu. Depois disse que iria ficar mais um pouco com ele no rio — Danilo falava convicto.
— Não pode ser verdade o que você está falando. Está gozando comigo. Você matou o cachorrinho afogado. Eu até pulei na água tentando salvá-lo, mas não consegui — retrucou Valentim, inconformado.
— Você deve ter sonhado com isso Val, eu não matei o cachorro. Lembro de nós dois brincando de ensiná-lo a nadar, e depois fui embora, porque você queria ficar mais um pouco — respondeu.
— Você só pode estar de brincadeira. Realmente deve ter sido um sonho — respondeu, irônico.

Valentim se afastou para um canto do pátio, enquanto Danilo interagia com outros colegas. Não conseguia acreditar naquilo. Como podia alguém agir com tamanha maldade, tanta falta de sensibilidade e depois dizer não ter feito nada? Afirmar não se lembrar do acontecimento no riacho! E ainda reiterar ter sido de outra forma. Valentim não conseguiu se concentrar no restante das aulas e no caminho de volta para casa, aquilo não saía de sua cabeça. Qual seria a justificativa para Danilo para agir daquela maneira? Isso não era uma atitude normal. Muito estranho tudo aquilo, pensava ele.

CAPÍTULO IV

Os encontros no Templo de Saturno aconteciam somente às sextas-feiras, mas Danilo costumava encontrar Miqueias na volta da escola pelo menos duas vezes por semana. Ajudava na limpeza do salão e ouvia muitas histórias contadas por ele sobre suas experiências. Miqueias afirmava enfaticamente que existia vida extraterrestre, alegando inclusive já ter feito contato com seres de outros planetas; falava de possessão e exorcismo. Danilo ouvia atentamente as narrativas de Miqueias e o mestre percebia-o cada vez mais impressionado. Quem sabe um dia faria dele um discípulo qualificado para levar a mensagem adiante. Incentivava Danilo a se preparar para o desafio:

– O mundo precisa de líderes. Você tem talento, só precisa estudar e entender a conjunção dos planetas e a conexão das pessoas com o Universo – dizia ele.

– Não tenho a sua sabedoria, mestre! Não conseguirei seguir seu caminho. O senhor sabe de muitas coisas que nem faço ideia.

– Basta apenas você prestar atenção e estudar. Você é capaz de conseguir tudo aquilo que desejar, desde que não bloqueie a sensitividade que existe em você. Acredite na força cósmica e na grandeza da matéria universal!

Era um papo bem profundo e aquilo martelava a cabeça de Danilo. Ele repetia as histórias aos colegas, aumentando alguns pontos conforme sua criatividade. Quando duvidavam de suas fantasias, ele pedia a opinião de Valentim; este confirmava a veracidade das maluquices contadas por ele. Afirmava confabular com seres extraterrestres e dizia já ter visto um demônio montado em um cavalo, soltando fogo pelas ventas. Os meninos ouviam esses relatos pavorosos e percebiam o quanto Danilo acreditava naquilo que contava.

Em casa, o menino outrora alegre e prestativo, apresentava mudanças bruscas de comportamento. Ora estava de bom humor e participava de tudo com alegria. De repente, se fechava completamente, ficando taciturno, arredio e de pouca conversa. Nesses momentos, passava horas debaixo das árvores no quintal, falava coisas que ninguém entendia e se fosse chamado para ajudar em alguma tarefa, reclamava e vociferava palavrões o tempo todo.

Filomena tentava corrigi-lo, mas ele parecia não ouvir seus conselhos. Seu relacionamento com o pai não era bom; com o tempo foi piorando. Trocavam poucas palavras, o necessário para demonstrar a intolerância existente entre eles. Quando repreendido, ameaçava ir embora e nunca mais voltar para casa. Pascoal chamava a atenção do garoto, exigia mais responsabilidade, tanto na escola como nas tarefas executadas na loja. O menino, antes solícito e prestativo, deixava os afazeres de lado; fazia somente o que lhe dava na telha. Isso potencializava as cobranças e fazia a tensão entre eles aumentar. Danilo não respondia diretamente, deixando seu Pascoal falando sozinho. E quando retrucava, a falta de respeito era latente.

O pai já percebera como o menino tratava os animais; com extrema crueldade! Danilo acertava galinhas com pedradas de estilingue, deixando-as aleijadas ou mortas. Pássaros ao pousarem nos galhos eram alvos perfeitos para suas traquinices. Falava com Filomena das atitudes muito esquisitas do garoto. Na maioria das vezes, ela defendia Danilo, dizendo fazer parte da idade.

– Ora, Pascoal, esse comportamento é típico dessa fase. Vai dizer que você não matava passarinho nesta idade? – dizia ao marido.

– Filó, não é isso! Estou falando que o Danilo derruba os passarinhos e depois arranca suas pernas, a cabeça, com o bichinho vivo, numa atitude de extrema crueldade – disse, com tristeza.
– Isso você não tinha me falado. Precisa dizer a ele para não fazer isso! É muita maldade com os bichinhos – respondeu.
– Quando fui chamar a atenção dele, tive a impressão de que ele nem me ouvia. Sorria enquanto continuava a barbaridade – falou Pascoal.
– Muito triste ele fazer isso. Precisamos conversar com ele – ponderou.
Pascoal acenou com a cabeça afirmativamente e continuou:
– Isso sem falar que ele machuca os porcos, dando-lhes pauladas na cabeça. Ele tem alguma maldade dentro dele, Filó. Às vezes tenho medo do futuro desse menino – acrescentou.
– Vamos ter fé e orar. Deus vai iluminar a cabeça dele, marido. Ele é um menino bom. Essa fase vai passar – disse Filomena, fazendo o sinal da cruz.
Pascoal esperava que isso realmente fosse uma fase passageira. Havia dispendido os melhores esforços para criar e educar Danilo, mas agora entregava nas mãos do destino; não desejava mal ao garoto, mas já não sabia o que fazer. Criara-o como um filho e não deixava de ficar preocupado com o futuro dele. Seu sonho era que ele estudasse, se formasse em algum curso superior e tivesse uma vida digna e confortável. Não desejava que ele enveredasse por caminhos tortos, envolvendo-se em más companhias, e com isso, comprometesse o futuro.

A sala da coordenadora da escola era pequena e, naquela manhã, faltava espaço para abrigar todo mundo. A professora da sétima série, Danilo, Valentim e mais dois colegas foram chamados para a reunião. Os meninos perfilados de frente para as mulheres esperavam com apreensão o que estava para acontecer. A coordenadora levantou os olhos, encarou fixamente cada um deles e, dirigindo-se a Danilo, disse:

– Vocês fazem ideia do que aprontaram? Colocar um sapo dentro da bolsa da colega de vocês. Isso é um absurdo! Sabiam que a menina desmaiou e agora está no hospital? – falou com firmeza.
Nenhuma palavra. Os quatro garotos olhavam para os pés e nem se atreviam a encará-la.
– Qual de vocês fez isso? – perguntou ela.
– Não fui eu. Eu só estava olhando – respondeu um dos garotos.
– Eu também não fiz nada – disse o outro.
Ela observava a expressão estampada no rosto de cada um deles. Danilo parecia nem estar naquela sala. Enquanto os outros demonstravam incômodo pela situação, ele tinha o olhar calmo e desinteressado.
– Valentim, tem algo a me dizer sobre isso? – perguntou a professora.
Ele foi pego de surpresa! Se embaraçou e começou a gaguejar. Instintivamente, desviou os olhos para Danilo, como se pedisse ajuda. O olhar inquisidor da coordenadora queimava sua pele.
– Eu não fiz nada. O Danilo me chamou para fazer aquilo – balbuciou, quase sem voz.
Danilo olhou para o colega, incrédulo. Não acreditava que ele o incriminava daquela forma. Ele não entendia o motivo de Valentim atribuir a ele a traquinice de ambos. Era uma grande sacanagem da parte dele. *Isso não ficará assim. Teremos um acerto de contas, disso eu não abro mão*, disse para si mesmo.
– Então Danilo, foi você!? Já tinha certeza disso! Você está suspenso por uma semana. Depois chamaremos seus pais aqui para conversarmos. Vocês podem voltar para a sala de aula, e se participarem de algo parecido novamente, serão suspensos – avisou a coordenadora.
Os garotos saíram cabisbaixos e dirigiram-se para a sala de aula. Danilo se aproximou de Valentim e deu-lhe um beliscão nas costas.
– Você ainda vai me pagar por isso, pode esperar!
Pegou sua mochila e foi para casa. Não falou com seus pais sobre o acontecido e logo após o almoço foi se encontrar com Miqueias, voltando para casa ao escurecer.

CAPÍTULO V

Patrícia morava com sua avó desde pequena. Sua mãe, Selena, engravidara aos 16 anos e como era uma menina muito levada, tratava os relacionamentos e o sexo de forma irresponsável; não tinha certeza de quem era o pai da criança, por essa razão, optou por não fazer o exame de paternidade. Não responsabilizou nenhum dos rapazes com quem saía, registrando a menina apenas com o nome dela. Enquanto Patrícia cresceu sob os cuidados de sua avó, a mãe continuou sua jornada de adolescente.

Quando completou 18 anos, Selena conheceu um rapaz do tipo andarilho; ele pintava e vendia quadros. Tinha os cabelos compridos e um sorriso encantador; vivia de cidade em cidade, e nunca tivera um paradeiro. Enquanto pintava um retrato dela, a convidou para seguirem juntos. Era a oportunidade que ela sempre esperara. Mudar-se de Caetité e conhecer o mundo, mesmo sendo esse mundo uma aventura desconhecida. Ela queria sair dali! Não fazia ideia de como era a vida lá fora, mas deveria ser melhor que sua vida, pensava. Certa tarde chegou em casa decidida a seguir seu destino. Abraçou e beijou Patrícia, se despediu de sua mãe, pegou uma carona para Salvador junto com o namorado e nunca mais deu notícias.

Vó Juana criou Patrícia com o amor de mãe, acrescido de seu papel de avó. Duplicou todo afeto e carinho àquela pequena joia dependente de sua dedicação. A menina cresceu alegre e extrovertida. Era morena, os cabelos compridos e ondulados faziam uns cachos enormes caindo pelas costas. Seus olhos castanhos e sonhadores denotavam meiguice e carinho. Estudava e ajudava nas tarefas de casa e queria um dia ser professora. Com 15 anos, já despertava o interesse dos rapazes, mas não dava muita bola para isso. Preferia curtir a amizade deles a se envolver de qualquer outra maneira. Era totalmente diferente de sua mãe. Valorizava os ensinamentos de vó Juana sabendo que, para conseguir realizar seus sonhos, precisaria trabalhar com responsabilidade e dedicação.

Patrícia foi apresentada a Danilo por Valentim, de quem era amiga desde a infância. Logo passou a nutrir um carinho especial por ele. Danilo, então com 16 anos, era tímido e reservado. Isso o fazia parecer misterioso, pois ninguém sabia o que ele realmente pensava. Se um dia fosse namorar, ela tinha certeza de que este seria o seu par ideal. Costumavam falar sobre muitos assuntos, e Danilo lhe contava algumas das histórias tenebrosas de seu repertório. Ela ouvia, mas não acreditava em quase nada daquelas fantasias.

– Eu às vezes ouço vozes. Elas me dizem para fazer as coisas. Não consigo me controlar. E depois eu me vejo ausente do fato, como se não fosse eu que tivesse feito aquilo – dizia Danilo.

Eles tinham saído para caminhar e sentaram-se sob a sombra de uma árvore. Patrícia o ouvia, mas para ela era tudo muito estranho.

– Devem ser impressões de sua mente, Danilo. Como assim ouvir vozes te mandando fazer as coisas. Não consigo entender isso – respondeu ela.

– É muito esquisito mesmo. Às vezes estou bem, e de repente uma sensação de choque me atinge. Sinto um zumbido forte em minha cabeça, como uma cigarra cantando longe. Então eu faço coisas que às vezes não quero fazer – explicou.

— O que você fala não parece ser real, Danilo. Você não está impressionado com essas histórias? Aquelas que você mesmo conta? — perguntou Patrícia.

— Desde pequeno eu escuto vozes. Quando vou dormir fico ouvindo umas palavras estranhas. O pior é que não sinto medo. Parece normal. Eu já levantei a noite, caminhei até o quintal e matei uma galinha, torcendo seu pescoço. Depois voltei para a cama e fui dormir. No outro dia minha mãe falou da galinha morta. Eu me lembrava de tudo, mas não achava que tivesse feito aquilo — contou ele.

— Isso é sonambulismo, Danilo. Já estudamos sobre isso. Pessoas se levantam à noite, andam e não se lembram de nada no outro dia — disse Patrícia.

— Esquisito mesmo! Tudo para mim parece um filme. É como se eu assistisse o desenrolar das cenas mas não participasse delas. Parece uma outra pessoa ao meu lado sendo o protagonista. Difícil de alguém entender, não é? — perguntou, balançando a cabeça.

— É difícil mesmo. Como você faz uma coisa e acha que outra pessoa a fez? Isso não faz sentido — aquiesceu ela.

— Aquela história lá no colégio. Eu não me lembro de colocar o sapo na mochila da menina. Mas o Valentim afirma que fui eu que fiz — explicou.

— Nossa! Aquilo foi horrível. Se fosse eu, teria morrido de medo — disse Patrícia, fazendo uma cara de nojo.

— Mestre Miqueias diz que eu sou uma pessoa especial, ele fala que tenho poderes especiais; que sou sensitivo — disse, fechando os olhos como se ouvisse uma voz distante.

— Você já me falou desse mestre Miqueias, mas quem é ele mesmo? — perguntou Patrícia, curiosa.

— Ele é o líder de uma igreja chamada Templo de Saturno. Ele ensina muitas coisas bacanas para as pessoas. Vamos lá um dia desses? — perguntou.

— Eu sou católica. Minha avó nunca aceitaria! Eu mesmo não gosto muito de frequentar seitas diferentes — respondeu a menina.

Danilo nunca tinha falado para ninguém, mas desde que ouvira pela primeira vez as histórias do Miqueias, ficara impressionado. Acreditava naquilo que o mestre dizia. Ao invés de ficar com medo, como era comum aos outros meninos, sentia-se extremamente excitado.

À medida que se aprofundava nos ensinamentos de Miqueias, ele acreditava nos seres relatados naquelas histórias; imaginava-os reais, habitando o Universo, vivendo pelas florestas; sua crendice estimulava a pensar que bastava querer e eles viriam ao seu encontro. Muitas vezes, quando era contrariado, ele invocava a presença de um espírito, como se isso pudesse acontecer. Mentalmente, ele conseguia se enxergar dentro de figuras mitológicas. Em suas viagens mentais, acreditava conversar com esses seres e segundo suas ilusões, eles o ouviam e davam-lhe conselhos. Seria mesmo uma debilidade mental ou ele acreditava realmente em seres sobrenaturais?

Quando Danilo praticava algum ato que trazia sofrimento para um animal, ou mesmo para uma pessoa, dificilmente sentia remorsos ou culpa. Não admitia ser o autor do fato, nem ao menos participante. Na maioria das vezes negava estar presente ou ter participado. E quando confrontado com a realidade, Danilo lembrava-se de tudo, entretanto, mentalmente ele continuava entendendo como se aquilo tivesse sido feito por outra pessoa.

Esse comportamento o amedrontava. Tinha preocupação com as consequências. Não conseguia controlar seus impulsos, e não sabia quando, e nem como, essas alucinações apareciam. Mesmo sabendo da gravidade da situação, não conseguia reagir. Falava apenas com Patrícia, que o ouvia, aconselhando-o a esquecer essas histórias.

Entretanto, Danilo tinha consciência de que não eram apenas as histórias que faziam as coisas acontecerem. Elas já tinham ficado para trás. Ele fazia parte de algo muito mais complexo, processado dentro de sua cabeça. Envolvia todo o seu corpo e sua mente. Ele não conseguia se controlar. Quando sentia um impulso para fazer algo ruim, até lutava contra aquilo, mas uma sensação estranha tomava conta de seu corpo, entrava em uma espécie de transe e tudo acontecia em questão de segundos.

A escola promovia anualmente uma excursão com os alunos para desenvolver atividades extracurriculares. Passeios em cidades históricas, visita às minas de urânio e piqueniques. Neste ano, os alunos foram convidados a visitar uma fazenda de plantação de cacau nos arredores da cidade, e todos estavam se divertindo. Os garotos tomavam banho em uma represa, monitorados pelos professores, enquanto as meninas, dançavam e se divertiam debaixo das tendas armadas no grande pátio central da propriedade. Em uma área mais afastada, um churrasco era servido.

Uma vez ou outra a professora acionava um apito para todos prestarem atenção. Através de um megafone, repetia o cronograma do passeio, falando quais atividades ainda poderiam ser realizadas, o horário de cada uma, e pedia a todos para tomarem cuidado, e com isso evitar acidentes. Alguns alunos mais inquietos mexiam com os porcos presos em um grande cercado, outros observavam os cavalos, e alguns até se aventuravam em uma cavalgada, monitorados pelo tratador, funcionário da fazenda.

Danilo, Valentim e mais três colegas, começaram a caminhar por uma parte da fazenda onde havia uns arbustos mais densos. Urubus voavam baixo, como se observassem alguma carniça. Os amigos entraram pelo matagal e logo perceberam um pequeno animal em decomposição debaixo de uma árvore. O bicho já fora quase totalmente devorado pelos predadores e cheirava muito mal. Os meninos se aproximaram fazendo cara de nojo, e logo se afastaram daquele local.

Um dos rapazes, de nome Paulo, percebeu logo à frente um buraco, protegido por ripas de madeira muito frágeis. Ele se aproximou e esticou o pescoço olhando para dentro. Parecia uma antiga cisterna desativada, então ele chamou:

– Ei meninos, aqui tem um sumidouro que deve dar no Japão. É bem escuro e muito profundo – falou olhando para dentro e chamando os outros.

Os meninos foram se aproximando tomados pela curiosidade. Seus pescoços esticados não conseguiam ver além de dez metros. O buraco parecia profundo e muitas ramagens subiam de dentro dele.

Depois que alguns animais caíram no poço, o proprietário interditou o local, colocando as ripas de madeira para evitar acidentes. Essas tábuas sofreram a interferência da chuva e do sol, tornando-se frágeis, rompendo a qualquer peso colocado sobre elas.

Danilo observava os colegas de longe, e uma sensação estranha foi tomando conta dele. Entretidos em olhar para o fundo, não notaram sua aproximação. Seus olhos estavam vidrados! Ele chegou, olhou para dentro, e de repente, sem que ninguém pudesse evitar, empurrou Paulo para as profundezas do poço. Os garotos se assustaram e saíram em disparada. Ele continuou olhando para dentro do poço, de onde ouviu-se um grito lancinante!

O corpo caiu e despareceu na escuridão. De repente, um baque seco e um silêncio sepulcral. Vozes foram se aproximando, e uma multidão se aglomerou em volta do poço. Algumas alunas choravam em desespero, os professores querendo saber o que tinha acontecido. Danilo olhava para eles e para o buraco onde Paulo havia caído, e parecia um expectador distante.

– Ele empurrou o Paulo para dentro do poço – gritou o menino, apontando o dedo.

– O que aconteceu aqui Danilo? Pode nos explicar? – perguntou a coordenadora, desesperada.

Danilo não disse uma palavra. Continuou de pé, olhando para as pessoas e para o local da queda. Virou-se e viu Valentim fitando-o com ar de incredulidade. Mais à frente, seus olhos encontraram Patrícia, olhando-o estarrecida. Ela chorava abraçada a uma colega, sem acreditar no que seus olhos presenciavam.

– Danilo, você está ouvindo o que estou lhe perguntando? – repetiu a coordenadora.

– Não sei o que aconteceu, professora – respondeu baixinho.

Saiu caminhando sem olhar para ninguém. Sentou-se em um banco de madeira, apoiou-se na parede do estábulo, murmurando palavras ininteligíveis. Uma professora ligou para a polícia que acionou o corpo de bombeiros. Após algumas horas de trabalho duro, conseguiram tirar o corpo do menino daquela cacimba. Paulo tinha caído de cabeça e com o impacto, seu pescoço havia quebrado, causando morte instantânea. O delegado pegou Danilo pelo braço, conduzindo-o para a delegacia. Ele continuava em silêncio. Não respondeu nenhuma pergunta feita pelos policiais. Só dizia que não sabia como aquilo havia acontecido.

Daniel às dez com palavras. Corre até a pilastra para esperar... nas nuvens fugidias. Vicki ensaia. Sente bom-humor com ar de ninfa helênica. Fecha os braços em X. Um, encontrão. Patroa, obtusa: é o nariz dela. Ela chora. Sobressalta-se na calçada, vem a todas elas me dizer que ele foi.

— Daniel, meu camarada vai passar às pressas pela porta, só lhe reparei o nariz de perfil.

Notei que estava sangrando, mas ele repentinamente bateu sem controlar-se. Você sabe, sou alegrinha. Caminhar era um fim em si mesmo, correr só no para-lelo público. Nunca sem propósito ou fim. Chapeuzinho era um furto. Não queria cantarolar. Fui a festa — mesmo a ida a Jundaí foi sofrimento, eu às alegrias só de racalhão, ciosa, sou-eu-mas-o-espaço-de-mim-não-daquela-escamba, violo-rola-do, sabe-o-cano-o-mar-o-mistério-seu-pescoço-bonito-em-baile, eu-saí-feia-em-figurinhas. (Despeito, negou Danilo pelo buraco ou tampado...) pura é dor gosto. Ela conhecia-se em silêncio. Não sopetou por uma pressão felina pelos polpas. Só fere que-nho nem como ainda havia saberzito.

CAPÍTULO VI

Na cidade só se falava da fatalidade ocorrida na fazenda. Todos queriam saber o que se passara durante o piquenique. Por que um garoto aparentemente normal, cometeria tamanha brutalidade e depois diria não ter sido ele? Muitas pessoas falavam que se tratava de uma doença mental. Outras, diziam que ele certamente estaria influenciado por forças malignas; cada um queria emitir sua opinião. No colégio, muitos lembraram de outros episódios mal contados, envolvendo a presença de Danilo, e faziam menção sobre seu comportamento e sua personalidade.

Os pais de Danilo ficaram arrasados ao tomar conhecimento do episódio. Foram até a delegacia para falar com ele e o encontraram sentado em um canto da sala, com uma expressão de total ausência. Aparentava não entender o tamanho da enrascada em que estava metido. Parecia que o acontecimento não lhe dizia respeito. Quando viu Filomena, seus olhos marejaram e ele se levantou. Ela abraçou o filho soluçando, e perguntou:

— O que aconteceu meu filho? É verdade o que as pessoas andam dizendo por aí? Você jogou o menino dentro do poço? – perguntou a mãe.

Ele apertou sua mãe com força, retribuindo o abraço. Afastou-se um pouco, e olhando para ela, respondeu:

— Não sei o que aconteceu mãe. Eles dizem que eu empurrei o Paulo para o buraco. Eu o vi caindo e gritando, depois me afastei — respondeu, submisso.

— Você não se lembra de nada? Como isso foi acontecer meu Deus!? — exclamou, colocando as mãos na cabeça.

— Eu me lembro de tudo minha mãe. Só não entendo por que falam que empurrei o garoto. Isso realmente eu não consigo entender, porque não me lembro de ter feito isso — afirmou.

Seus pais permaneceram por um tempo com ele na delegacia, e quando o horário da visita terminou, foram para casa. Filomena chorava sem parar e Pascoal tentava consolá-la.

— Eu tinha medo de que uma tragédia dessas viesse a acontecer, Filó. Esse menino tem um comportamento muito esquisito. A maldade *tá* dentro dele. Já te falei isso outras vezes — repetia, enquanto caminhavam.

— Ele está dizendo que não fez isso. Eu acredito nele!

Pascoal olhou para sua esposa com piedade. Sabia o tamanho da dor que ela estava sentindo. Conhecia sua companheira desde a juventude, e já imaginava como ela iria sofrer com essa tragédia. Segurando suas mãos ele disse:

— Seja forte, Filó, ele vai precisar muito de nós. Devemos contratar um advogado para defendê-lo.

Chegaram à casa, e cada qual com seus pensamentos, ficaram a imaginar como um garoto criado com tanto amor podia fazer uma desgraceira dessas. Para eles era incompreensível. Teriam falhado na criação do menino? Ou quem sabe não perceberam a gravidade da situação. Achavam que se tratava de uma fase, que passaria logo, mas agora, enfrentavam um problema bem maior do que poderiam supor. Ele já demonstrava fortes indícios de desvio de personalidade. Poderiam ter procurado ajuda especializada, mas não imaginavam um potencial destrutivo tão grande no garoto, a ponto de cometer um assassinato.

Os colegas mais próximos de Danilo ficaram arrasados. Jamais acreditariam se alguém contasse que ele teria feito aquilo. Para Valentim, seu amigo há tanto tempo, foi uma catástrofe. Estavam acostumados a brincar quase todos os dias. Mesmo agora, na adolescência, quando caçavam animais, ele não acreditava na possibilidade de Danilo praticar algo tão tenebroso, chegar a ponto de matar um colega. Lembrava-se do cachorrinho morto no rio, do porco esquartejado na mata. Daí a jogar um colega no buraco era uma distância impensável.

Patrícia não conseguia esquecer a cena gravada em suas pupilas. Olhara para Danilo, estático na borda do buraco, e não percebera nenhuma emoção em seu rosto. Ele dava a impressão de não estar ali, e se estava, não participara de nada. *Muito estranho*, ela pensava.

🔥

O delegado conduziu a investigação com celeridade. Danilo não confessou o crime, entretanto, usando de todos os indícios, depoimentos dos presentes e a materialidade do fato, concluiu o inquérito; o responsável pela morte do garoto tinha sido ele. A motivação, não conseguiu estabelecer. O que levara o garoto a cometer o crime? Por mais perguntas que fizesse ao seu intelecto, não encontrava uma conexão. O rapaz alegava seguidamente não ser culpado, mesmo tendo consciência da afirmação de todos, que o viram dando o empurrão no menino.

Diante do juiz, o comportamento de Danilo foi o mesmo. Calmo, ausente, não conseguiu responder de forma coerente às perguntas formuladas para ele. Dizia não se lembrar de ter empurrado o garoto, e quando percebeu, ele já havia caído no poço. O juiz determinou então, a requisição da perícia forense, para realizar um diagnóstico do caso.

O psiquiatra forense chegou à cidade duas semanas após o crime. O doutor Clarindo Reis era psiquiatra conceituado na capital, muito experiente em lidar com pessoas portadoras de transtornos psicossomáticos. Veio atender à convocação do juiz da infância e da juventude, tendo em vista Danilo ser menor de idade; o caso deveria ser tratado com o máximo de atenção. O doutor chegou à delegacia para a primeira audiência com o garoto por volta das 15 horas.

Danilo entrou na sala caminhando devagar. Estava mais magro e com a expressão cansada. Em volta dos olhos escuros, as olheiras denunciavam noites mal dormidas. Sentou-se em uma cadeira em frente ao médico e aguardou. Doutor Clarindo não olhava para ele. Fazia anotações em um bloco e continuou por cerca de quinze minutos. Comportava-se como se não notasse a presença do garoto. De repente, levantou a cabeça, olhou para Danilo por cima dos óculos de aro de tartaruga com lentes pesadas e perguntou:

– Então rapaz, conte-me tudo. Seu nome é Danilo, não é?

Danilo não se moveu. Piscou os olhos seguidamente como se quisesse organizar os pensamentos, mas nada falou. O doutor Clarindo observava-o sem dizer nada. Ele continuava de cabeça baixa, fitando os pés.

– Você conhecia o garoto que caiu no buraco Danilo? Era seu amigo? – perguntou o médico.

Ele balançou a cabeça, afirmativamente.

– Vocês tinham brigado? Aconteceu alguma desavença entre vocês? Você estava com raiva dele?

Dessa vez ele moveu a cabeça para os lados, negando a existência de algum mal-entendido entre eles.

– Você se dá bem com seus pais Danilo? Você gosta deles?

Nenhuma resposta. O médico observava seu comportamento e sentia a angústia que o atormentava. Já tratara muitos casos de transtorno de personalidade, e conhecia o sintoma principal: "O paciente enfrenta uma luta interior muito grande e precisa sentir confiança para se soltar". Ele deveria estimular, sem dar a perceber que estava buscando uma motivação para o que ele havia feito.

— Tem uma namorada Danilo? Um amigo no qual você confia? Como é sua vida? Algo te atormenta? — insistiu o médico.

Silencio! Nenhuma resposta. Doutor Clarindo precisava ter paciência. A luta interior era difícil de ser travada e um bloqueio imenso impedia o garoto de falar.

— Você dorme bem, filho? Tem alucinações? Você ouve vozes? Escuta o chamado de alguém? Tem vontade de chorar? — o médico falava calmamente, enquanto observava com atenção.

Danilo levantou a cabeça. Olhou para o médico e seus olhos estavam dilatados, com uma expressão ausente, como se enxergasse algo por trás da parede. Suspirou fundo e começou a falar pausadamente, enquanto o médico anotava em seu bloco.

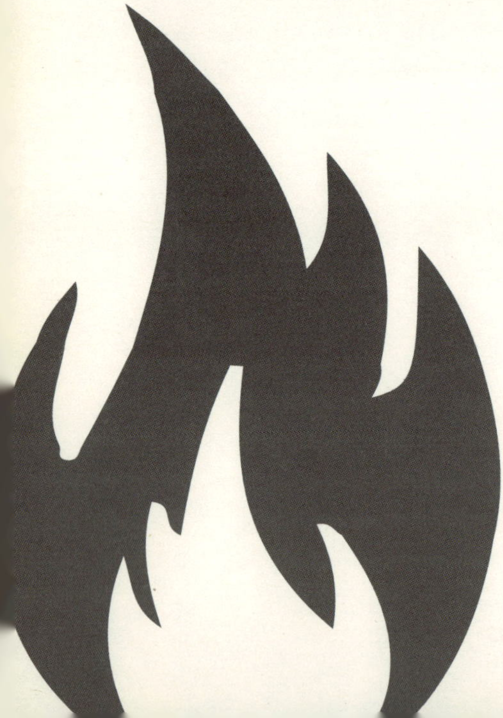

CAPÍTULO VII

Todos ficaram em silêncio enquanto o juiz lia a sentença. Filomena chorava baixinho, apoiando-se no braço do esposo; com a outra mão enxugava as lágrimas em um lenço umedecido. Pascoal suava em bicas. O recinto estava bem refrigerado, entretanto, a emoção o fazia transpirar como se estivesse em uma sauna. Por mais que se sentisse decepcionado com o filho, não queria esse destino para ele. A audiência de julgamento terminou e as cadeiras fizeram um barulho estranho ao serem arrastadas. O juiz saiu por uma porta lateral e os policiais levaram Danilo para outra sala. O advogado se aproximou e disse:

– Ele vai ficar apenas dois anos no internamento seu Pascoal. Ao completar 18 anos ele será solto.

– Para onde estão levando meu filho? – perguntou Filomena.

– Para a sala de custódia, dona Filomena. Daqui a alguns minutos vocês poderão se despedir dele. Amanhã o rapaz será transferido para o CASE – Comunidade de Atendimento Socioeducativo em Salvador, onde os menores cumprem suas penas.

Danilo chegou ao centro um dia depois do julgamento, ao anoitecer. O guarda mostrou o quarto, que tinha quatro beliches enfileirados com duas camas cada. Um colchão bem fininho cobria os estrados, sobrepostos por um lençol branco com aparência de limpo. Um pequeno cobertor e um travesseiro eram o máximo que eles poderiam almejar. Uma lâmpada no teto iluminava o cômodo.

O centro tinha capacidade para 150 adolescentes, mas quando Danilo chegou, havia 187 internos no local. Eram garotos de 13 a 18 anos, com grau de periculosidade diverso. Alguns condenados por tráfico de drogas, outros por agressão aos pais, furtos e até assassinatos. A disciplina era rígida, e o local, uma verdadeira selva urbana. Ninguém em sã consciência, imaginaria que um adolescente se tonaria melhor, convivendo por anos em um ambiente daqueles.

Uma vez por mês, o doutor Clarindo Reis visitava Danilo para continuar o tratamento determinado na sentença expedida pelo juiz.

O magistrado aceitou o relatório do médico na instrução do inquérito, o qual identificou uma patologia associada. O rapaz sofria de elevado grau de esquizofrenia hebefrênica, caracterizada pela presença de uma proeminente perturbação dos afetos. As ideias delirantes e as alucinações são fugazes e fragmentárias. O comportamento é irresponsável e imprevisível, e o afeto é superficial e inapropriado.

O médico também identificou no paciente indícios fortes da síndrome de borderline, também chamada de transtorno de personalidade limítrofe, caracterizada pelas mudanças súbitas de humor, medo de ser abandonado pelos amigos e comportamentos impulsivos, como gastar dinheiro compulsivamente ou comer descontroladamente. Associados aos diagnósticos anteriores, episódios de perda de memória, alucinação, delírio e depressão grave. A tudo isso ainda se somava uma elevada alienação aos conceitos de crença apocalíptica, extraídos dos ensinamentos do pastor Miqueias, a quem ele chamava de mestre. Quando o médico entrou na sala de visitas, Danilo já o aguardava.

– Boa tarde Danilo, como foi o seu dia?

— Foi tudo bem doutor Clarindo. Estava aguardando o senhor — respondeu.

— O que aconteceu com o seu rosto? Estas marcas se parecem com pancadas. Você brigou com alguém?

— Sim. Uns rapazes me atacaram tem uns três dias. Agora já estou melhor, não precisa se preocupar.

— Qual foi o motivo da briga, você pode me dizer? Doutor Clarindo estava preocupado.

— Eles me acusaram de conversar com demônios e outros seres; eu disse que isso era mentira, mesmo assim eles se juntaram e me bateram. Como eram mais de cinco, não pude fazer nada — contou Danilo.

— Isso não pode acontecer! Vou falar com a direção do centro.

— Não se preocupe, doutor Clarindo. Não quero mais falar do assunto — finalizou.

Doutor Clarindo assentiu com a cabeça. Entendia que Danilo tinha noção do funcionamento de um local como o centro de ressocialização. Denunciar os colegas traria uma carga negativa para ele. Seria identificado como dedo duro, não confiável, e isso acarretaria uma acirrada marcação dos outros internos sobre ele. Preferiu deixar quieto.

Olhando para Danilo ele disse:

— Você me falou naquele dia em Caetité que uma criatura emparelhou ao seu lado e disse para você empurrar o garoto na cisterna. Você não me disse que criatura era essa. Pode descrevê-la agora?

— Não sei especificar quem seja. É como se fosse o vulto de uma pessoa falando dentro da minha mente.

— Sobre essas visões e as vozes em sua mente. Como isso influencia no seu dia a dia? Consegue me explicar? E o seu mestre? O que ele tem a ver com tudo isso? — perguntou o médico.

— Como eu disse para o senhor, Doutor Clarindo, eu ouço vozes desde pequeno. Também sinto arrepios pelo corpo, enxergo pessoas andando em meu quarto. Quando estou sozinho eu falo e eles me respondem. Agora, sobre o mestre, ele é uma pessoa inteligente e muito culta. Ele fala de entidades sobrenaturais, mas sempre aconselha a gente a viver em paz e harmonia – explicou Danilo.

– Eu entendo, filho. Mas quem são essas pessoas com quem você fala? Você as conhece? – perguntou o médico.

– Na maioria das vezes, não conheço. Na verdade, parece sonho. As pessoas são vultos. Meus amigos como Valentim e Patrícia aparecem. Outras vezes as professoras da escola – disse ele.

– E quando essas pessoas aparecem, do que vocês falam? Você se lembra? Existe algo em especial entre vocês?

– Eu não me lembro doutor. Tudo parece um pesadelo, mas eu sei que estou acordado. A minha cabeça às vezes fica doendo o dia todo, quando tenho essas visões.

– E as conversas com seu mestre Miqueias? Que assuntos vocês falam? Como são os cultos e as pregações? – perguntou o médico.

– Ele fala de espíritos que estão no meio de nós; às vezes eles incorporam na gente e nos levam a praticar atos que normalmente não faríamos. Uma vez ele incorporou um espírito no culto. Ele falava com a voz diferente. Palavras sem sentido, foi uma cena muito forte – explicou Danilo.

– O que aconteceu depois? – perguntou o médico.

– Depois ele foi se acalmando, pediu água para beber e disse ter recebido uma entidade, que trouxera energia e sabedoria para ele.

– Você tem conseguido dormir? – perguntou o doutor Clarindo.

– Sim, tenho dormido sem problemas.

– Você se lembra do ocorrido, que resultou em sua condenação?

– Sim, doutor. Eu me lembro – respondeu.

– Você sente remorsos? Isso te incomoda de alguma forma? – perguntou o médico.

– Não senhor, não me incomoda. Não me sinto parte daquilo. Só fico triste porque as pessoas dizem que eu fiz. Sinto falta da minha casa, dos meus pais e dos meus amigos – disse Danilo, com tristeza.

O médico se levantou. Segurou no braço dele e foram caminhando para a saída.

– Danilo, foi muito boa nossa conversa. Continue se comportando bem e tomando a medicação. Vamos melhorar sua saúde – despediu-se o médico.

– Obrigado, doutor Clarindo. O senhor é a melhor pessoa que já conheci, depois de minha mãe, é claro – respondeu Danilo, se despedindo.

Em Caetité, os pais de Danilo viviam a amargura e a dor da ausência do filho, condenado por ato de extrema crueldade. Pascoal, até então, não assimilara o que acontecera. Na loja, os clientes queriam saber da história. Como tinha acontecido e principalmente, por que seu filho fizera aquilo. Por duas ou três vezes, ele tentou explicar que não sabia o porquê, mas diante da incredulidade das pessoas, absteve-se de aprofundar no assunto. Quando o perguntavam, respondia apenas com monossílabos, desviando o eixo da conversa. O fato abalara sua forma de agir. Ficava muitas vezes ausente, envolvido em seus próprios pensamentos. Com o tempo, sua introspecção aumentou e refletiu em sua personalidade. Já não conversava com os clientes e muito menos com sua esposa. Passou a ficar arredio, debatendo-se em uma forte luta interna, questionando o amor dedicado ao filho, ao final pouco retribuído; cometera um erro na criação do rapaz? Ou quem sabe a personalidade dele já viera com algum defeito desde o nascimento. Eram questões profundas, que amargava sua alma solitária.

Filomena ficou mais de três meses sem dormir direito. Não comia quase nada e emagreceu mais de oito quilos. Como já era franzina, seu corpo quase não a segurava de pé. Falava com o padre sobre o acontecido, ele tentava acalmar seu coração dizendo para ela se apegar aos ensinamentos divinos e que somente Deus poderia dar a paz que eles precisavam.

Uma vez ou outra, tentava conversar com o marido, culpando-se por não ter acompanhado de perto o crescimento do garoto. No seu papel de mãe, ela se cobrava por não ter prestado atenção aos sinais que ele dava desde muito pequeno. Lembrava-se das advertências de Pascoal sobre suas atitudes desconexas e desobedientes. Tudo isso a martirizava e aumentava seu sofrimento.

Seis meses após a partida de Danilo, foram visitá-lo no reformatório. Ele se sentia solitário e foi uma oportunidade para ficarem juntos. Durante toda a manhã, passearam pelo pátio do centro de reeducação, comeram um lanche que Filomena levou, e falaram da cidade natal. Ficaram surpresos com a aparente calma e serenidade do filho; parecia outra pessoa. Demonstrou satisfação pela visita, tratando-os com carinho e alegria. Evitaram falar do acontecimento e conversaram sobre amenidades.

– Meu filho, como você está se sentindo aqui? Estão te tratando bem? – perguntou Filomena, segurando as mãos dele.

– Está tudo bem, mãe. Aqui é tudo muito certinho. As normas são rígidas e a gente tem de seguir. Qualquer comportamento fora da rotina tem uma punição – explicou Danilo.

– Você se alimenta direito? Toma banho todos os dias? – perguntou.

– Sim, mãe. A gente toma banho todos os dias, e as refeições são servidas em horários determinados. Difícil é ficar muito tempo sozinho – explicou.

Filomena começou a chorar. Estava emocionada e abraçou o filho com força. Ele retribuiu e falou para ela:

– Doutor Clarindo vem me visitar uma vez por mês. Ele me receitou vários remédios. Estou tomando e me fazem muito bem – explicou Danilo.

– Ótimo, meu filho. Tomara que esses remédios possam curar você – disse, enternecida.

Despediram-se no final da manhã e voltaram para casa. Danilo entrou no quarto, pensando no encontro com seus pais. Nunca se sentira tão bem na presença deles. Estava calmo e apreciou todo o tempo de contato. Desde o início do tratamento com doutor Clarindo, tomava remédio todos os dias. Não sabia exatamente para que serviam, mas estavam lhe fazendo bem.

Suas alucinações quase desapareceram e aquelas angústias não turvavam sua mente; eram lembranças longínquas.

Imerso em pensamentos, levou um susto quando o encarregado veio avisar que alguém esperava por ele no salão de visitas. Passou as mãos pela roupa para se ajeitar um pouco e caminhou até o local indicado. Não tinha ideia de quem poderia estar ali para visitá-lo. O rapaz indicou uma mesa no canto, onde um homem estava sentado olhando para o pátio através da janela. Danilo se aproximou, e quando o homem se virou, ele identificou o mestre Miqueias.

– Olá Danilo, como você está? – perguntou ele, com aquela voz penetrante.

– Olá mestre, estou bem. É ótimo ver o senhor aqui – respondeu, segurando as mãos de Miqueias.

Sentaram-se e começaram a conversar. Danilo sentiu como se uma forte corrente tomasse conta de seu corpo. A presença de Miqueias fazia voltar toda aquela energia quase esquecida naqueles seis meses em que estava internado.

CAPÍTULO VIII

Com o tempo, Danilo foi se integrando à rotina do centro de internação. As primeiras escaramuças serviram para colocar os limites e entender o funcionamento do local. Existiam as normas gerais, emanadas da administração e as normas práticas, determinadas pelos mais fortes. Andar inadvertidamente na ala contrária era pisar em brasas. Usar as duchas antes dos líderes era arrumar confusão. *Ainda bem que os mictórios são individuais*, pensava Danilo. Podiam fazer suas necessidades íntimas com um mínimo de privacidade.

O grande pátio abrigava uma quadra de futebol de salão novinha, um campo de futebol de areia e uma pista de caminhada. Quando saíam para tomar sol, praticar atividades esportivas, os rapazes interagiam e trocavam ideias.

A maioria dos jovens infratores, internados nas unidades de ressocialização, vinham de famílias pobres, sem condições mínimas de dar a eles estudo e qualidade de vida. Para muitos o centro era como sua segunda casa. Recebiam a comida, a roupa era limpa e tinham uma cama confortável para dormir, regalias que não conheciam em sua vida de liberdade.

A maior parte não se aventurava em fugas e motins para evitar punições e restrições de direitos dentro do complexo. Ao término do cumprimento da pena, uma parte considerável voltava como reincidente. Eles não tinham outra opção fora daqueles muros e eram levados a cometer delitos novamente, seja pela falta de estrutura familiar, seja pela influência dos agentes do crime organizado.

Como em todos os estratos sociais, existem aqueles que não se submetem aos preceitos universais de convivência harmoniosa. Estão sempre a procurar alguma forma de burlar os regramentos. Não era diferente no caso do centro de reeducação. Apesar da maioria querer ficar em paz e usufruir da estrutura do local, uns poucos queriam tumultuar e, se tivessem oportunidade, fugir dali. Era o caso do Cabeção! Ele nunca se conformara com a vida encarcerada. Já era experimentado nos desafios da criminalidade e buscava de forma continuada, a oportunidade de escapar daquele ambiente.

O nome dele era Carlos, e o apelido, com certeza havia sido por causa de sua cabeça muito grande e ovalada, parecendo um ovo de avestruz. Ele liderava um grupo de dez rapazes; eles o seguiam para onde fosse. Todos no reformatório tinham medo dele. Já era bastante conhecido nessa comunidade de menores infratores, pois aos 17 anos, ele passava pelo centro pela quarta vez. Em duas delas tinha fugido, em outras conseguira progredir para o regime de semiliberdade, onde podia ficar em casa e se apresentar três vezes por semana à coordenadoria do controle de pena.

Inquieto e inconformado com sua volta ao centro, Cabeção só pensava em fugir. Mesmo que fosse para ser recapturado ele iria tentar. Precisava manter seu *status* de líder, de aventureiro e de corajoso. Arquitetava com os outros garotos pular o muro do centro de ressocialização e ganhar a liberdade. Desde a chegada de Danilo procurava interagir com ele. Queria tirar proveito daquele rapaz forte do interior e que não dava muita conversa para os colegas.

Nas vezes em que tentou não foi bem-sucedido. Percebeu o novato bastante desconfiado e deixou o tempo passar. Naquele dia no pátio, ele se aproximou novamente.

— Fala mano, o que tá rolando na sua cabeça? — perguntou, com ar debochado.

Danilo olhou para Cabeção e este sorriu piscando maliciosamente.

— Bora sair dessa jaula, mano. Lá fora tem muita parada maneira pra descascar — disse, indicando o muro à frente com o queixo.

— Não tenho nada pra fazer lá fora. Quero cumprir meu tempo aqui e voltar para casa — respondeu Danilo.

— Deixar o tempo passar aqui é vacilo, mano. Tá fácil saltar essa trincheira — insistiu Cabeção.

Danilo olhou para o grande muro circundante ao prédio. O que haveria lá fora? Uma cidade grande e desconhecida. Muitas pessoas correndo para todo lado, cada qual buscando atender suas necessidades. O que ele poderia fazer num ambiente desses? Não conhecia ninguém. E se fosse pego, o que aconteceria? Sua pena seria dobrada, receberia castigos internos? *Muitas perguntas e poucas respostas*, pensou.

Cabeção bateu em seu ombro e disse:

— Se estiver disposto mano, vamos trocar umas ideias. Essa parada vai rolar nos próximos dias.

— Vou pensar — retrucou Danilo, sem muito entusiasmo.

— Olha aqui mano, conheço seu mestre. O cara é fera, tem umas ideias malucas, mas é maneiro — disse Cabeção, batendo o dedo indicador na própria cabeça.

Danilo levou um susto. Como ele podia saber do Miqueias? Disse que o conhecia e o chamou de mestre. Qual seria a relação deles? Não vira o mestre falar com ninguém no reformatório. Dissera ter vindo visitá-lo, e depois que iria resolver alguns assuntos em Salvador. Não entendia como eles poderiam se conhecer.

Cabeção se afastou com seu gingado de malandro, acompanhado de seu séquito de comparsas. Deixou Danilo pensativo e encabulado com a última frase: "olha aqui mano, conheço seu mestre". Não fazia sentido para ele. Quem sabe em outra conversa ele pudesse descobrir o real significado dessa afirmação. Três dias depois, ele encontrou Cabeção novamente. No banho de sol da tarde, o "ovo de avestruz" se aproximou e falou:

— E aí mano, vamos conversar hoje à noite, depois da sessão de televisão. Na hora do jogo de cartas. A parada vai rolar no próximo feriado.

— Como você conhece o pastor Miqueias? — perguntou Danilo.

— Ele é maneiro, mano. Tem uma parada lá na comunidade, tipo um salão de eventos. O velho aparece lá uma vez por mês, e dá umas ideias pra rapaziada. A turma da chefia adora a palavra do coroa, tá ligado? — falou "ovo de avestruz".

— Não estou entendendo. Ele mora na minha cidade, bem longe daqui, tem uma igreja lá — disse Danilo.

— Você não sabe mano, mas o mestre morava aqui em Salvador, tá ligado? Ele saiu porque rolou umas broncas aí com os milicos, então ele se mandou — contou Cabeção.

— De que tipo de bronca você tá falando? Ele cometeu algum crime? — Danilo perguntou, curioso.

— Não foi bem um crime, mano. Uns caras fizeram uma denúncia, dizendo que ele liderava uma igreja, que promovia rituais, orgias. Acusaram ele de abuso sexual, mas nunca foi provado. O mestre nunca fez isso, mano. Ele fala de amor e paz e seres do outro mundo, mas tinha gente que não gostava. Então, ele se mudou para o sertão, mas, uma vez por mês, vem a Salvador e dá umas ideias pra rapaziada — explicou Cabeção.

— Não sabia que ele era de Salvador e nem que fazia pregação aqui. Ele nunca falou nada disso — disse Danilo.

Cabeção percebeu que acertara o ponto fraco de Danilo. O mestre era a chave para levá-lo para seu lado. Arriscou uma pegada para convencê-lo de vez:

— Pois é mano, ele me disse pra chamar você pra sair com a gente. Levar você pra comunidade e interagir com a rapaziada de lá. O que você acha? – perguntou "ovo de avestruz".

— Não sei. Isso tudo está muito confuso. Vou pensar no assunto.

Danilo ficou surpreso com as informações. Nunca imaginara o mestre morando em Salvador; e ter saído por causa de problemas em suas pregações... Por muitas vezes, depois de ouvi-lo, ele imaginava onde ele assimilara tanto conhecimento; como sabia de tantas coisas sobre todas as religiões. O ritual não era nada demais. O problema de abuso sexual, isso sim era grave! Mas como não ficara provado, seria denuncia motivada por invejosos, pensava.

Certa vez, em uma pregação, tinha acontecido aquele fato da incorporação de uma entidade, invocada pelo mestre, porém Danilo não sentira nada diferente. Ficou curioso para saber mais sobre os acontecimentos em Salvador. Procurou Cabeção no jogo de cartas para se inteirar dos detalhes. Estava decidido a participar da aventura e ver o que havia lá fora. Sentou-se à mesa, "ovo de avestruz" dirigiu-lhe um olhar de aprovação e continuou falando com os rapazes.

— Nós vamos sair à meia-noite de sexta-feira; é feriado e tem poucos vigilantes aqui. Daí no sábado e no domingo eles não conseguem mobilizar ninguém. Na segunda-feira, já estaremos todos longe – explicou ele.

— E quantos irão conosco? Muitos meninos estão querendo, mas não podemos demorar mais que dez minutos na travessia do muro – argumentou um garoto do outro lado mesa.

— Com esse tempo dá pra sair quinze manos. Nós sairemos à meia-noite, atravessaremos o corredor, pularemos a grade do pátio e correremos em direção ao muro. Precisaremos de dez lençóis para fazer uma corda: cinco para o lado de dentro e outros cinco para descer do lado de fora. Os lençóis deverão ser amarrados, e as emendas deverão ser bem fortes para não se soltarem e derrubarem a gente.

Cabeção continuou:

— Quando a gente estiver na rua, cada qual sai para um lado, no máximo em três, para não chamar muita atenção. Vocês dois vão comigo e mais o caipira aqui — disse, apontando para Danilo com o queixo.

Eles falavam baixinho, e de vez em quando olhavam o vigia sentado em um canto do salão. Assistia algum vídeo no celular e não dava muita atenção ao que eles tratavam.

— Bem pessoal, depois de amanhã à meia-noite nos encontraremos no corredor. Nada de vacilo até lá, nem comentar com moleque X9 pra não desandar — recomendou "ovo de avestruz", despedindo-se da galera.

Dispersaram, e cada qual seguiu para seu aposento. Danilo estava muito ansioso. Não sabia o que o esperava lá fora. Pensou como essa aventura poderia complicar sua situação, pois ainda tinha quase um ano e meio de pena para cumprir, mas decidiu seguir em frente. Estava curioso para conhecer a vida de que os meninos tanto falavam. As praias, os bailes, a comunidade, e o que fazia do mestre uma pessoa tão respeitada no meio deles.

Sua maior angústia era pensar em sua mãe; com certeza ela desaprovaria essa atitude. Pensou em Patrícia, a única moça que o entendera. Arrependia-se de não tê-la beijado, de não pedi-la em namoro. Ele já estava perto de completar 17 anos e nunca ficara com nenhuma menina. Não tivera interesse, é verdade, mas Patrícia era diferente. Quem sabe poderia se casar com ela. Já pensara isso diversas vezes quando saíam para conversar, mas não tivera coragem de falar com ela sobre esse assunto.

Quando terminasse de cumprir a pena e voltasse para a cidade, procuraria Patrícia. Queria dizer a ela que a amava e que gostaria de namorá-la. Quem sabe essa seria a janela para sua redenção. Quem sabe o amor e o companheirismo poderiam mudar as coisas em sua mente e em seu coração. Era uma oportunidade e ele pensava em aproveitá-la ao lado dessa menina que o encantava.

CAPÍTULO IX

Patrícia procurou esquecer os fatos trágicos daquela tarde no acampamento. Na escola, as colegas a boicotavam por causa de sua amizade com Danilo, como se ela fizesse parte da vida dele. Ela não entendia esse comportamento, mas também não valorizou isso além da conta. Deixava seguir como tinha de ser. Valentim era um dos únicos amigos que não mudara em nada e estava sempre presente. Ele não disfarçava o quanto gostava dela; tinha a intenção de namorá-la, mas até então, ela evitava se comprometer.

Ela havia começado a trabalhar em uma loja de roupas bastante conceituada na cidade e o movimento de clientes era muito grande. Isso exigia dela um esforço extra para conseguir atender a todos os pedidos. Precisou mudar o turno da escola, transferindo-se para o período noturno, e por essa razão, chegava em casa muito tarde. Sua avó cuidava da comida, das roupas e não deixava nada faltar a ela. A neta era a joia mais preciosa que tinha.

Apesar de ganhar pouco com a aposentadoria, sua avó custeava todas as despesas da casa, ficando injuriada quando a menina insistia em ajudar. Para completar o orçamento mensal, vó Juana fazia doces e tortas para vender. No início, ela visitava as empresas, abordava as pessoas na rua oferecendo seus petiscos. Depois de um tempo, suas guloseimas ficaram tão famosas, que ela atendia em casa, e quase sempre por encomenda.

Patrícia entendia a preocupação de sua avó. A velhinha nunca pudera dar-lhe muito conforto, sempre cuidando para terem uma vida digna. Agora ela estava trabalhando, e segundo o entendimento de sua avó, deveria gastar o dinheiro com as necessidades próprias. Mesmo assim, não deixava de comprar aquilo que entendia ser importante para casa. Quando sua avó brigava por ela ter gastado o dinheiro, já não tinha mais jeito, e tudo ficava por isso mesmo.

O pai de Valentim era proprietário de uma oficina mecânica, onde consertava motores e recuperava a lataria dos automóveis. Ele ajudava o pai desde os 12 anos, aprendendo como poucos a cuidar dos carros. Sonhava um dia em poder comprar uma "Sprinter", espécie de van da Mercedes Benz, apropriada para fazer transporte escolar e agregar à frota da prefeitura municipal. Muitas pessoas tinham esse tipo de veículo cadastrado, como parte da frota municipal para atender as escolas rurais do município. O trabalho era de grande responsabilidade, mas dava uma boa receita. Seu pai prometeu que assim que ele completasse 18 anos, o ajudaria a comprar seu veículo para iniciar o próprio negócio.

Enquanto não chegava a hora de empreender por conta própria, ele seguia ajudando o pai e dedicando-se aos encontros com Patrícia. Convidou-a para assistir o rodeio que acontecia na cidade. Haveria apresentações de cantores sertanejos, músicos regionais e peões. O evento fazia a alegria da rapaziada. No intervalo da apresentação, eles tomavam um sorvete quando ele comentou:

— Pat, eu gostaria de namorar você. Já te falei algumas vezes, o que acha disso? – perguntou.

— Eu não sei se estou pronta para namorar, Val. Completei 16 anos recentemente – respondeu, evasiva.

— Meninas mais novas já namoram. Não vejo nada de mal a gente ficar junto — ponderou.
Ele era um garoto sincero. Patrícia o conhecia desde os 12 anos. Até pensara em namorá-lo antes de conhecer Danilo, mas depois tinha desistido da ideia. Se interessou pelo novo amigo, achando-o mais interessante. Mas agora ele estava longe, condenado por um crime bárbaro e ela nem sabia se ele voltaria. E, se voltasse, de que forma ela o encararia. Ainda teria interesse por ele? Com certeza não! Eram muitas dúvidas e ela pensou tudo isso em alguns segundos.
Valentim a trouxe de volta:
— Você ainda gosta do Danilo? Ainda pensa nele? — perguntou.
— De onde você tirou essa ideia? Quem disse que eu gosto do Danilo, Val? — retrucou assustada.
— Vocês gostavam um do outro. Ele me falava: vou namorar essa garota! Vai me dizer que não era verdade? Não era amarrada nele?
— Eu o achava um cara legal, mas nós nunca falamos disso. Também depois de tudo..., não vejo mais sentido — disse.
— Então eu tenho chances, certo? — perguntou ele sorrindo.
Patrícia sorriu para ele. Passou as mãos em seu cabelo e de repente aplicou-lhe um selinho nos lábios, falando:
— Você tem chances sim, seu bobo. Quem fica o tempo todo por perto e ainda me ajuda com matemática? — Ela sorria, enquanto falava.
Patrícia levantou-se, pegou a mão de Valentim e completou:
— Agora vamos ver o show. Já está quase no final e não aproveitamos nada — disse, enquanto seguiam em direção ao palco.
No caminho de casa, de mãos dadas, conversaram e trocaram beijos. Valentim não cabia em si de felicidade. Sempre quisera namorar Patrícia e, finalmente, tinha conseguido a atenção dela. Quando apresentara a amiga para Danilo, ela ficara impressionada com ele e silenciosamente sentia ciúmes do amigo com sua pretendida. Apesar disso, se ela escolhesse ficar com ele, não faria nada para impedi-la, pois o mais importante era a felicidade dela.

Valentim a deixou em casa e seguiu pela rua, cantarolando. Estava em êxtase. Era a primeira vez que namorava e o destino o presenteara com a garota que sempre sonhara. Faria tudo para ela jamais se decepcionar com ele.

Patrícia se deitou e pensou no que estava acontecendo. Conhecia Valentim desde a infância e sempre tiveram perto um do outro. Agora que ele a pedira em namoro, trocaram beijos e se abraçaram, ela o via de forma diferente. Parecia ter chegado à sua vida naquele instante. Tantos anos de convivência, ela percebia outra pessoa ao seu lado, por quem ela gostaria de se dedicar muito mais. *Como a vida é engraçada*, pensava ela.

"A felicidade às vezes está do nosso lado, enquanto a procuramos em pessoas e lugares distantes. Talvez nunca a encontremos se não formos capazes de perceber".

Ela tinha a chance de ser feliz e iria lutar com todas as forças para isso.

Depois da visita ao centro de ressocialização onde Danilo estava internado, Pascoal retomou à rotina na loja. Abrindo impreterivelmente às 7 horas, ele atendia os fregueses e quase sempre estava mal-humorado. Ninguém ligava para isso, todos sabiam do seu jeito rabugento. Ele contratou um ajudante, menino esperto e interessado, mas vivia lhe dando bronca o dia todo. Nada no menino o agradava. Com isso, o garoto não sentia segurança em atender os fregueses, deixando-os saudosos com a ausência de Danilo.

Filomena tornava-se cada vez mais uma mulher triste e envelhecida. Antes, saía todas as tardes para encontrar alguma amiga, conversar e fazer planos para ajudar o padre nas quermesses da igreja. Depois da prisão de Danilo, ela evitava sair; chorava todos os dias, e apenas com algumas das amigas mais próximas ela dividia as agruras e sofrimentos. Duas vezes por semana, às terças e aos sábados, ela ia à missa, comungava e confessava. O padre já não sabia o que fazer para desestimular sua confissão, pois ela não tinha nada de novo para contar.

Da última vez, adentrou ao confessionário deixando o sacerdote exasperado:

— Padre João, eu pequei. Jesus Cristo precisa perdoar meus pecados. Não tenho paz e sofro todos os dias por causa disso — disse, cobrindo a cabeça com um lenço preto.

— O que aconteceu dona Filó? Qual pecado a senhora cometeu dessa vez? — perguntou o reverendo, já dando sinais de impaciência.

— Eu não cuidei do meu filho direito, padre. O deixei à mercê dos espíritos do mal. Agora carrego essa cruz tão pesada em minha vida — disse a mulher, com as mãos cruzadas debaixo do queixo.

— Dona Filó, a senhora já confessou isso uma dezena de vezes e Deus já lhe perdoou. Não precisa ficar repetindo. Deus não gosta disso. A senhora precisa rezar e seguir em frente.

— Mas padre João, eu não tenho sossego. Fico me penitenciando por isso o tempo todo — disse.

— Dona Filó, isso não é mais com Deus. A senhora precisa procurar um médico e tomar algum remédio. Aqui na igreja a senhora já foi perdoada — disse o sacerdote irritado.

Ela voltou para casa inconformada. Sentia-se culpada pelo que acontecera com Danilo. Imaginava não ter cuidado dele o suficiente, e quando confessava, sentia-se aliviada. Mais tarde chamaria suas amigas para rezar um terço, pedindo diretamente a Deus o perdão que tanto necessitava.

se enrugando, aos poucos por semanas. Ia ficar, por anos, à vista de
a mesa. Lembrava-o, enjoava-o. O pai lhe dito: Acho que ficei tonto
para descobri-la: vai tentá-la, para cá, tão triste, tão de perto que
jur Louca.

Da última vez, lembrando, confessou, tão triste, que não ser tão
a respeitos.

— Tolfe? Lá se acabou, Irma. Outro preces pordoes nossa
perdoar. Não imbejá-se vil — inclinou-lhe, por aconselhar — disse,
cobrindo a cabeça, virou um largo sentir.

— O que acontece aqui, Pilar? O rapaz, a senhor conseguiu
esse vez — interrompeu-o pergunta. E ora lo sinal de impaciência.
Ira uma escala de sons filhas flecha, a ela, Q diziam a mercê
das crianças ao mal. Agora, era, gora, ela — era que lho pesava em minha
vida — disse a mulher com as mãos cruzadas dedos do queixo.

— Dora Pilar, a senhora é confessou, isso uma dezena de veces
e Deus lá lhe perdoou. Não precisa ficar repetindo. Deus não gosta
disso. A senhora precisa vover e seguir em frente.

— Mas padre João, eu não tenho sossego. Eu me penitencio
do pai dos tempos todo - disse.

Os Pilar teu-lhe mais ton livre. A senhora precisou
criar um medico para alguém remédio. Aquilo na igreja era um
lu tol prevalida — disse, a senhora tomada.

Ha pouco, para essa inconformada, vulnerável, entravi que
consentir em Brasil. Imaginava não tornar o faixa, ver preparade
e quando orou-lento, teriam-se ativado, a sim parecia que a
sensão. Pará tendar ser feyas, perdutá-me paracrisse-las a essa
que nebo a escolha.

CAPÍTULO X

Minutos antes da meia-noite, Danilo percebeu um movimento perto da porta. Desceu da cama devagar e se aproximou. Cabeção apareceu de mansinho e passou-lhe uma pequena segueta para romper o cadeado. Demorou uns três minutos e quando o fecho cedeu, ele abriu a porta e saiu. Devolveu a pequena serra para Cabeção, que ia passando para os outros garotos abrirem as portas. Saiu para o corredor andando com cuidado para não acordar os colegas que dormiam profundamente. Ninguém poderia notar a presença deles naquela hora. Seria desastroso para a operação se algum garoto acordasse e avisasse aos guardas. Encontrou "ovo de avestruz" na porta de saída do salão, onde os outros meninos se juntaram a eles. Dois deles carregavam um pacote branco nas mãos e Danilo deduziu que fossem os lençóis amarrados, que serviriam de corda para acessar o muro de um lado e descer do outro.

Fazendo sinal de silêncio com os dedos, Cabeção indicava o caminho. Um atrás do outro, ganharam o pátio mal-iluminado. Como previam, não havia nenhum vigia à vista. Pularam a cerca com certa facilidade e correram em direção ao muro. A distância a ser vencida era de mais ou menos cento e cinquenta metros, o que levaria menos de um minuto. Os dois garotos que carregavam os lençóis seguiam na frente. Como um gato, o mais magro deles subiu o muro. Prendeu a primeira corda feita de lençóis no arame farpado que passava por cima do paredão e foi soltando as pontas até chegar ao chão. O outro garoto jogou a sua corda, e ele a prendeu no arame, arremessando-a para o outro lado.

A ponta da corda arremessada ficou presa no arame, e o garoto tentou soltá-la, sem sucesso. Por mais que se esforçasse, o arame enroscava ainda mais no pano dos lençóis. Já estava ficando perigoso e os rapazes estavam impacientes. Poderia aparecer algum guarda e a fuga estaria comprometida. Cabeção demonstrava sua indignação socando uma mão na outra, pois não podia soltar um palavrão. Finalmente, o garoto desprendeu o lençol e a corda caiu no vazio, do outro lado do muro. O primeiro garoto conseguiu sair e todos foram subindo e descendo do outro lado, ganhando a liberdade. Danilo contou quinze rapazes no total.

Quando chegaram à rua, Cabeção olhou para ele fazendo sinal para seguir em frente. Mais dois rapazes os acompanharam. Os outros, em grupos de dois ou três, seguiram em direções diferentes. Logo a ausência deles seria notada e a polícia seria acionada para sair no encalço dos fugitivos. Mesmo com pouco contingente do final de semana não poderiam arriscar. Existiam as blitzes especiais que nunca deixavam de circular. Teriam que encontrar rapidamente um lugar seguro para se esconder. Não poderiam pegar um transporte público, como ônibus ou metrô, pois estavam com uniforme do centro de detenção, e chamariam a atenção das pessoas.

Caminharam por ruas desertas, evitando as pessoas, atentos para algum carro de polícia, e assim, após algumas horas, chegaram à comunidade onde Cabeção morava. Subiram para a cobertura de uma laje, onde um amigo os recebeu ainda sonolento. Abriu a porta assim que "ovo de avestruz" se identificou. Apontou um quarto com uma cama e alguns colchões jogados no chão, onde eles se acomodaram.

No outro dia, Cabeção vagou por vários pontos da comunidade, fazendo-se presente entre os principais líderes e apresentando Danilo como o novo amigo. À noite, foram para uma reunião no local onde o mestre pregava. Danilo entrou e o clima era parecido com o salão em Caetité. Penumbra, luzes indiretas, velas e grandes desenhos de dragões, anjos e outros seres não identificáveis. Na parede central o heptagrama, símbolo da igreja Templo de Saturno.

O mestre usava uma túnica branca, uma máscara vermelha com detalhes pretos sobre os olhos e carregava nas mãos um cajado, mais parecido com uma bengala. Quase todos os frequentadores usavam a máscara e estavam sentados de frente para a mesa improvisada como altar. Aqueles que não vestiam a máscara, mantinham-se de cabeça baixa em sinal de respeito ou penitência. Danilo sentou-se ao lado de Cabeção e ficou observando o comportamento das pessoas.

O mestre recitava uma oração incompreensível, caminhando de um lado para o outro. De repente, um homem sentado na primeira fila se levantou, deu um grito e prostrou-se diante do mestre, que caminhou até ele, colocou a mão direita em sua cabeça e falou um amontoado de palavras. O homem continuava com os joelhos dobrados e a cabeça entre as mãos. Abriu os braços retorceu o tronco e caiu para frente. O mestre encostou seu cajado nele, chamou mais duas pessoas sentadas atrás da mesa, pedindo que o levantassem.

O homem tremia e suas pernas não o seguravam de pé. O mestre pegou uma jarra de água na mesa, derramou sobre ele, e continuou falando em seu linguajar peculiar. O homem foi se acalmando, os outros o soltaram e ele ficou inerte. Toda a cena durou mais ou menos cinco minutos. O homem se levantou, caminhou até o mestre, beijou-lhe as mãos e voltou ao seu lugar. O Mestre voltou-se para os presentes, retirou a máscara e falou:

– Esse homem estava sendo tomado pelas forças do mal. Nossa fé e nossas orações trouxeram nosso irmão de volta. Precisamos nos unir contra essas tentações. O mundo está cheio de maldade e somente a nossa convicção pode nos salvar – disse ele, abrindo os braços para os fiéis.

As pessoas continuavam de cabeça baixa, ouvindo as palavras do mestre.

– Aqui há pessoas atormentadas; elas precisam encontrar um caminho para suas angústias. Precisamos nos concentrar para seguir o caminho de nossa fé. A maldade está dentro dos outros, não está em nós. Precisamos tirar a maldade do mundo. Eliminar as pessoas que nos fazem sofrer. Tirá-las das nossas vidas. Esse é o caminho para limpar o mundo da maldade. Somente nosso guia sabe o que é bom para nós. Vocês não podem ter medo. O pecado às vezes mora ao lado. Na nossa cama, na nossa casa, no nosso trabalho. Tudo o que precisamos é nos afastar dessas pessoas e dessas tentações. Se elas não saírem, tenhamos a coragem de mandá-las embora de nossa vida – ele falava, como se estivesse possuído por alguma força.

Danilo assistia a tudo hipnotizado. O mestre sempre exercera uma influência muito forte sobre ele. Não imaginava que ele tivesse tantos seguidores e ainda numa cidade tão grande. Olhou em volta e contou por volta de setenta pessoas. Homens, mulheres, jovens. Todos compenetrados, ouvindo sua pregação. Ficou ainda mais convicto de que a mensagem dele atingia as pessoas.

Quando o mestre terminou, os presentes foram até ele. Pegavam em suas mãos em sinal de reverência, outras mais decididas beijavam e pediam proteção. Assim que os frequentadores se dispersaram, ele se aproximou de Danilo e disse:

– Que bom vê-lo aqui, filho. Estávamos com saudades de você. Sua ausência foi sentida em Caetité – disse ele.

– Obrigado mestre, não sei se fiz a melhor escolha. Meus problemas agora vão aumentar, tenho certeza – respondeu Danilo, de forma sincera.

– Não se preocupe, filho. Tudo se ajeitará. O importante é você estar aqui – disse ele, colocando as mãos na cabeça do seu discípulo.

Danilo saiu, encontrando Cabeção do lado de fora. Ele fumava um cigarro, enquanto conversava com um homem mal-encarado. Apresentou-o ao dito cujo e deu ciência sobre ele ser o chefe da comunidade. Na manhã seguinte, desceram o morro e foram à praia. Eles já sabiam onde frequentar, sem o risco de a polícia os identificar. Para Danilo foi uma alegria enorme conhecer o mar, andar de encontro às ondas, curtindo a areia fina sob seus pés. Era a primeira vez que via o oceano. Foi uma sensação indescritível.

No sábado de manhã, o centro de ressocialização virou um tumulto. A fuga foi descoberta logo na primeira checagem, durante a chamada para o café da manhã. O diretor do centro viajara para a praia, e foi acordado pelo telefonema do encarregado de plantão. Ficou possesso, gritando toda uma série de impropérios que tinha no repertório. Telefonou para a delegacia da infância e juventude. O delegado também estava de recesso. Apenas o plantonista atendeu e registrou a ocorrência. As diligências deveriam esperar pela segunda-feira para serem iniciadas.

Nada funcionaria direito nos dois dias seguintes, pois o feriado de sexta-feira havia sido esticado com o fim de semana.

Mesmo assim, ele interrompeu o descanso e voltou para Salvador. Não tinha clima para continuar a se divertir com a família e os amigos. Seria melhor estar no local quando a imprensa descobrisse e começasse a divulgar os fatos. Já imaginava como o governador ficaria indignado. Enfrentar o secretário de segurança, seria como receber uma tijolada na cabeça.

Chegou ao centro de por volta das 15 horas, reuniu a equipe de plantão e dirigiu-se aos funcionários, soltando fogo pelas ventas:

— Eu não posso me ausentar um dia e vocês aprontam uma patuscada dessas. Como vou me explicar para o secretário? Daqui a pouco, a imprensa vai estar aqui. O que vamos dizer? – ele gritava, indignado.

Olhou para o plantonista da semana. O rapaz estava branco como uma folha de papel.
— Como isso foi acontecer? Você pode me explicar? Como vocês podem ser tão incompetentes? – vociferava.
— Não sabemos, doutor. Tudo estava na mais perfeita ordem. Nada indicava uma fuga ou rebelião. De manhã, quando fizemos a contagem, faltavam quinze garotos – respondeu, cabisbaixo.
— Eles saíram por onde?
— Pularam o muro, usando uma corda feita de lençóis. Nada de muito original – o rapaz tentou explicar.
— Nada de muito original!? – ironizou. E agora estamos com uma batata quente nas mãos. Precisamos recuperar esses moleques, senão vamos comer o pão que o diabo amassou – desabafou o diretor.
Ninguém ousava dizer uma palavra. Todos conheciam a incontinência verbal do diretor, principalmente sua falta de educação com os subordinados.
— Já tiraram as marcas dessa escapada no muro? Não quero a televisão filmando os detalhes do que aconteceu. Só vai servir para demonstrar nossa incompetência – disse, contrariado.
— Doutor, quem liderou essa fuga foi o Cabeção. Todos os meninos que saíram eram da sua turma. Só um deles era de primeira viagem. O caipira lá de Caetité – explicou o encarregado.
O diretor já ia saindo da sala e parou. Retornou e olhando para os funcionários disse:
— Moleque filho da mãe. Já é a segunda vez que ele me deixa desmoralizado. E ainda esse caipira o acompanhou. Agora sim, faço questão de não deixar passar batido. Vamos atrás deles. Vou falar com o secretário para designar uma força-tarefa para fazer esse trabalho.
Dispensou a todos pedindo que apenas o encarregado do plantão ficasse na sala. Começou a disparar telefonemas para todos os lados, procurando organizar a ofensiva no sentido de recuperar os fugitivos e salvar sua própria pele.

CAPÍTULO XI

As diligências começaram na segunda-feira com mais de cinquenta pessoas envolvidas. O delegado da infância e juventude tinha interesse especial na captura dos rapazes. Queria ser promovido ao cargo de delegado geral de polícia e ainda tinha o de prefeito, em campanha para a reeleição. Não era interessante carregar o desgaste de não conseguir controlar e nem proteger os menores infratores. O conselho tutelar foi chamado a acompanhar os trabalhos, pois conheciam como ninguém os familiares e a rotina dos garotos.

Logo nos primeiros dias, nove deles foram recapturados. Vagavam pelas ruas a pedir esmolas nos sinaleiros. Isso acalmou a imprensa e a opinião pública, pois apesar de não poder mostrar os meninos, a recondução deles foi amplamente divulgada. Restavam seis menores para serem resgatados, entre eles Cabeção e Danilo. Seria uma tarefa mais demorada, tendo em vista a experiência de "ovo de avestruz" e suas conexões com o tráfico. O delegado acreditava em sua equipe de inteligência, e passou a monitorar os lugares onde eles frequentavam; uma hora conseguiriam botar as mãos neles.

Nas duas semanas seguintes, as buscas foram intensas, e mais dois garotos foram reconduzidos ao internamento. Ainda faltava o líder da fuga, juntamente com Danilo e os outros dois que o acompanharam. O delegado designou uma força-tarefa em período integral para monitorar a comunidade onde imaginava que eles tivessem se escondido. Interrogou os informantes e ninguém soube notícias dos meninos.

Cabeção sabia que a busca seria intensa para capturá-los, então decidiu buscar a proteção em outra comunidade onde não era muito conhecido. Das outras vezes, tinha sido preso em poucos dias. Agora, não podia vacilar! Ele conhecia o "modus operandi" da polícia e o desafio era se manter longe dos radares dos milicos. Ele conhecia praticamente todo mundo do tráfico de drogas, e pelas contas dos mais espertos, era presunto para ser *fritado* logo. Não passaria dos 20 anos. Isso se chegasse até lá.

Danilo foi conduzido pelo colega, e, por mais que imaginasse a periculosidade dessa jornada, sentia-se excitado com os acontecimentos. Gostava da experiência de ser independente, livre e autoconfiante. Frequentava os bailes funk, bebia à vontade e sem esconder, como fazia em Caetité. Lá, seus pais não podiam nem sonhar que aprendera a beber e gostava de tomar umas cervejas. Passou a ser o parceiro de Cabeção e seus comparsas em todas as entregas. Sentia medo e ficava receoso de serem apanhados, mas a aventura estava tomando conta de seus instintos. "Ovo de avestruz" falava que se fossem pegos, não acrescentaria nada, pois sairiam do centro de internamento aos 18 anos de qualquer maneira.

O máximo que poderia acontecer era ficarem mais isolados enquanto permanecessem lá dentro.

Após três meses, a polícia estava quase desistindo de encontrá-los. Uma denúncia de furto em uma farmácia mudou os rumos da investigação. Pela descrição, os policiais deduziram que a quadrilha de Cabeção estava envolvida. Acionaram a delegacia de menores e eles prepararam uma tocaia para surpreender os rapazes.

No sábado eles foram à praia. Algumas garotas os acompanharam, levando bebidas e sanduíches. Danilo se afastou do grupo para comprar uma cerveja, quando foi abordado por um desconhecido. O rapaz com boné, calção de praia e uma camiseta, se confundia com tantos outros banhistas. Somente a forma como se aproximou de Danilo demonstrou a diferença. Chegando bem perto ele disse:

– Quietinho ai rapaz! É a polícia e você está preso. Qualquer barulho vai ficar pior para você – o agente mostrou o distintivo e a pistola por baixo da camiseta.

Era uma equipe de oito policiais, formada por seis homens e duas mulheres. Estavam trabalhando disfarçados e já monitoravam os passos deles há pelo menos duas semanas, logo após a denúncia do furto na farmácia. Esperavam o momento certo de dar o bote, principalmente quando eles estivessem bem descontraídos. Não queriam correr o risco de ferir um transeunte, muito menos algum dos garotos. Seria um desastre para todos.

Por isso, tiveram paciência para fazer da forma correta. Danilo não esboçou nenhuma reação. Olhou para o policial e seguiu em frente como ele ordenara. A cerca de quatrocentos metros do local, ele foi algemado e levado para a viatura. Os outros garotos estavam entretidos e sequer notaram o que acontecera. Os policiais sentiram que era hora de agir, cercaram os três restantes assim que um deles retornou do mar e deram voz de prisão.

Os garotos ficaram paralisados! Não esperavam a abordagem e se entregaram sem resistência. Cabeção olhou em volta, correu a vista pelos lados e não viu Danilo. Teria ele escapado do cerco policial? Não sabia. As quatro meninas começaram a gritar e a chorar ao mesmo tempo. Os agentes se aproximaram apontando as armas e algemaram todos eles. Foram conduzidos para o camburão, e lá encontram Danilo, sentado com as mãos nas costas.

– Eles me pegaram quando fui comprar cerveja – disse ele, olhando para "ovo de avestruz".

— Foi vacilo, mano. Caímos igual uns patinhos. Alguém dedurou a gente. Se eu souber quem foi, vou queimar esse X9 — disse enfurecido.

O camburão saiu com a sirene ligada e uma hora depois, chegaram ao distrito policial. O delegado passou o restante do dia interrogando-os e instruindo o inquérito. Encaminhou as meninas para o conselho tutelar, chamou a imprensa e deu as boas notícias. Não poderia apresentar os rapazes, mas detalhou a operação, informando o encerramento do caso com a captura de todos os fugitivos do centro de ressocialização.

O diretor ficou eufórico. O delegado havia telefonado, avisando do sucesso da operação e que os menores seriam devolvidos ao centro de recuperação no início da noite. Não deixou nenhum dos internos dormir antes que os fugitivos chegassem. Colocou todos em posição de sentido na sala de refeições, e não permitiu conversas entre eles. Queria mostrá-los como troféus, para desestimular outras tentativas de fuga.

Quando o camburão parou na entrada principal do prédio, o diretor estava de pé, aguardando a chegada dos menores. Um por um, eles desceram e foram encaminhados à portaria central. Identificados pelo nome, foram entregues aos carcereiros e estes os conduziram ao salão, onde todos aguardavam.

O diretor os colocou de frente para os demais internos, chamou os outros garotos que participaram daquela fuga e já tinham sido recuperados. Perfilou todos diante dos colegas e falou:

— Não toleraremos indisciplinas, nem fugas. Todos foram recapturados e agora, a tolerância com eles será muito menor. Ficarão isolados dos outros internos por quatro semanas, fazendo suas refeições separadamente; não poderão tomar banho de sol, nem praticar atividades esportivas. Qualquer violação dessas condições implicará em sanções mais severas ainda. Espero que isso sirva de lição para todos vocês.

Os rapazes ouviram à fala do diretor em silêncio. Podia-se escutar o bater de asas de uma borboleta, caso ela se aventurasse naquele ambiente. Os quinze menores fugitivos ficaram de cabeça baixa, até serem conduzidos para uma ala separada, sem contato com os demais rapazes.

Danilo estava triste. Havia embarcado naquela aventura pela curiosidade de conhecer a vida que eles diziam ser muito boa, como também, pela vontade de saber mais sobre as atividades de seu mestre; ele nunca imaginara que ele tivesse conexões em uma cidade tão grande como Salvador. Deitou-se e ficou pensando em cumprir seu tempo, voltar para sua cidade e reencontrar suas origens.

Pensava em seus pais, em Patrícia, e por mais que quisesse voltar, uma força invisível o empurrava para os labirintos escuros de sua mente. A aventura pelo desconhecido, o desejo de se libertar e fazer as coisas ao seu modo eram mais fortes e mais latentes.

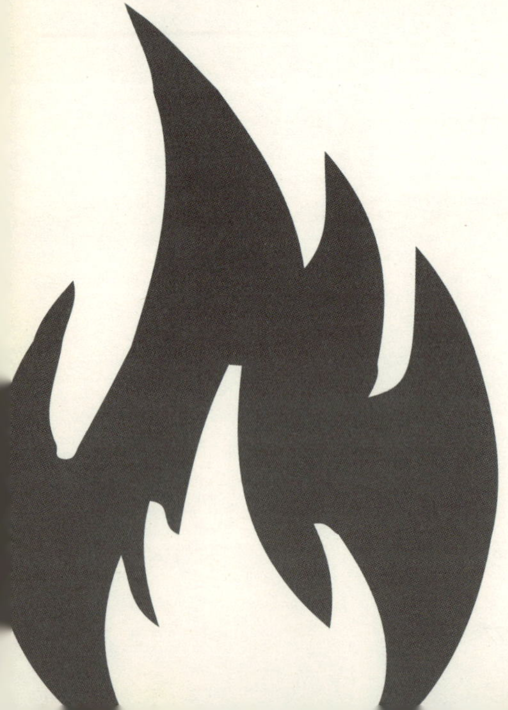

CAPÍTULO XII

Um ano após a festa de rodeio, o namoro de Patrícia e Valentim estava cada vez mais firme. Ele seguia como um exemplo de dedicação aos estudos e ao trabalho, enchendo de orgulho seus pais e a namorada. Ela ficava cada vez mais bonita. Os cabelos longos haviam sido cortados na altura do ombro; os traços meigos realçando as sobrancelhas altas e bem delineadas. Os olhos grandes e o sorriso franco cativavam todas as pessoas que se envolviam com ela. Trabalhava fora e ajudava a avó na manutenção da casa. Uma moça feita, no sentido completo da palavra.

O amadurecimento da relação e os compromissos de trabalho não davam espaço às lembranças tristes do passado, por isso, quase não pensavam em Danilo e naquele trágico acontecimento. Era uma página virada em suas vidas. Eles tiravam tardes inteiras de sábado para os passeios e os encontros com amigos. Valentim gostaria de se casar logo que completasse 18 anos, mas sua mãe protestava com firmeza:

— Filho, você precisa amadurecer mais. Gosto dessa moça; é direita, trabalhadeira, mas vocês são muito jovens para essa responsabilidade. Precisam esperar um pouco mais – aconselhava.

— Mãe, você se casou com 16 anos e o pai com 18 anos. Qual o problema da gente se casar logo? Eu gosto da Patrícia e ela gosta de mim.

— Não é só uma questão de gostar meu filho. É preciso terminar o ensino médio, ter uma profissão e poder sustentar a família. No nosso tempo, tudo era diferente, os jovens não tinham nenhuma possibilidade de estudar, crescer, ser alguém na vida. Nos restava casar e criar uma família da melhor forma possível.

— O pai vai me ajudar a comprar uma van pra transportar os alunos das escolas rurais. Isso vai nos dar condições de ter a nossa casa. E a Patrícia trabalha e ganha o dinheiro dela – insistia.

— Não quero mais falar sobre isso. Vocês são muito jovens e não está na hora. Daqui uns dois anos, podemos pensar nesse assunto – disse a mãe encerrando a conversa.

Valentim tinha dificuldade de falar com o pai sobre a vontade de casar e começar logo sua vida a dois. Algumas vezes tentara entabular o assunto, no entanto, ele não dera seguimento. O jeito era ir levando para ver o que acontecia. Ele entendia a preocupação de sua mãe. Não tinha nada para oferecer à namorada a não ser sua vontade de cuidar dela e ficarem para sempre juntos.

Patrícia não refutava suas ideias de casamento, mas ponderava não querer deixar sua avó sozinha; desejava terminar os estudos e quem sabe, fazer uma faculdade. Dizia ao namorado que eles podiam ter mais do que seus pais tiveram. Para isso, precisavam estudar e conhecer novas oportunidades. Entretanto, os desígnios do coração são caprichosos. Os sonhos dos jovens muitas vezes são sufocados pelo desejo de ficarem juntos. As pessoas, quando gostam, não querem ficar longe uma das outras, ficando tudo mais fácil para se resolver.

Chamas da maldade

No final da tarde, eles se encontraram na biblioteca municipal, para um trabalho de dissertação sobre a obra de Anísio Teixeira. Patrícia e mais duas colegas discutiam sobre os detalhes do trabalho, quando Valentim chegou. Outro rapaz de nome Tiago também participava do grupo de trabalho, fazendo uma pesquisa no computador da biblioteca. Estavam impressionados com o acervo sobre a vida e obra de um conterrâneo do qual não ouviam falar com frequência. Aquela tarefa proposta pelo professor de história trouxe a oportunidade de conhecerem mais sobre ele.

Uma das colegas aprofundava sua pesquisa buscando informações no laptop que levara de casa. A internet da biblioteca tinha uma boa capacidade de navegação, o que ajudava a desenvolver as pesquisas.

— Bom dia Val, você sabia que Anísio Teixeira fundou a Universidade do Distrito Federal? Estou lendo aqui na internet que apesar do nome, essa faculdade foi fundada no Rio de Janeiro, porque naquele tempo a capital do país ainda era lá — argumentou uma das colegas.

— Não sabia. Eu já tinha lido alguma matéria sobre ele defender a escola em tempo integral, mas isso é novidade para mim. Parece até que a proposta dessa faculdade era bem diferente dos currículos adotados naquele tempo — respondeu Valentim.

— Pois é, nas décadas de 1920 e 1930, Anísio Teixeira foi um dos líderes da revolução do ensino na Bahia e isso refletiu em muitas outras partes do Brasil, principalmente no Rio de Janeiro, onde ele morou por muitos anos — disse Patrícia.

— Realmente foi uma pessoa de notável saber. Fez doutorado nos Estados Unidos, relacionando-se com grandes pensadores dessa época. Foi perseguido pela ditadura, que o considerava subversivo. Deixou um legado de grande importância para a posteridade — completou uma colega.

— Anísio Teixeira era de uma família de grande tradição em Caetité e na Bahia. O pai foi chefe político na região, exercendo grande influência na formação dele como advogado – disse outra colega.

— Nossa cidade tem filhos que se projetaram nacionalmente. Waldik Soriano levou o nome da nossa terra para todo o Brasil. Cada vez que aparecia na televisão ele citava Caetité e suas origens sertanejas. Algumas pessoas podem até não gostar da música dele, mas ele fez muito sucesso e levava com orgulho o nome da cidade – disse Valentim.

— Não podemos ser preconceituosos. Cada qual se destaca naquilo que é melhor. Precisamos admirar a coragem e a capacidade das pessoas independentemente do nosso gosto pessoal – arrematou Patrícia.

— Isso mesmo. Mas sobre o trabalho de hoje, quem vai fazer o resumo geral? Nosso tempo de internet na biblioteca está quase se esgotando. Temos mais quinze minutos – disse Tiago.

— Eu posso fazer! – ofereceu uma das colegas. – Se não der tempo de terminar hoje eu volto amanhã e pego um cartão de acesso novo para finalizar o trabalho – completou.

— Ótimo. Então você finaliza e apresentamos na sexta-feira, conforme o professor pediu – concordou Patrícia.

Despediram-se e cada qual seguiu para a sua casa. Patrícia e Valentim passaram em uma sorveteria e continuaram a falar sobre seus planos e sonhos. Não tinham dúvidas de que tudo se encaixava entre eles. Cada vez estavam mais apaixonados e certos de que o futuro lhes presentearia com a felicidade total.

Doutor Clarindo Reis chegou ao reformatório às 15 horas para retomar a consulta com Danilo. Desde o episódio da fuga, eles não haviam se encontrado novamente. Em sua carreira de médico forense, poucas vezes se deparara com uma personalidade tão conturbada como a dele. Receitara antidepressivos para ele e notara o comportamento mais estabilizado, entretanto, não entendia como ele se aventurara nessa fuga, juntando-se a rapazes que mal conhecia.

Quando Danilo entrou na sala, o doutor Clarindo percebeu algo diferente. Suas feições agitadas denunciavam as lutas internas que ele travava.

– Boa tarde, Danilo. Já faz um mês da última vez que nos falamos. Como você está se sentindo?

Danilo sentara-se na cadeira em frente ao médico. Não respondeu o cumprimento, apenas observava, enquanto o doutor Clarindo continuou:

– Fiquei sabendo da fuga. Como isso aconteceu?

Danilo levantou os olhos e encarou o médico.

– Não sei doutor. Eu entrei na onda dos rapazes e acabei me dando mal. Talvez mais por curiosidade do que pelo desejo de fugir.

– Você gostou do que viu lá fora? Isso lhe afetou de alguma forma?

– É muito agitada a vida deles aqui na capital, e muito perigosa também. Apesar de gostar da minha cidade fiquei bastante impressionado. Não posso dizer que não gostei! – respondeu.

– Você ainda está tomando os remédios que lhe receitei?

– Eu parei de tomar – respondeu Danilo.

O doutor Clarindo olhou para ele. Observava a dificuldade que ele tinha em expressar seus sentimentos.

– Os sintomas voltaram a te perturbar? Você ainda está ouvindo vozes e tem pesadelos?

– Sim doutor. Logo que parei de tomar os remédios, minha cabeça ficou zonza, e tudo voltou a me incomodar – afirmou.

– Vou te dar os remédios novamente. Não deixe de tomar. Daqui a alguns meses, você estará saindo e vai enfrentar muita rejeição em sua cidade. Precisa estar medicado para não deixar a situação sair do controle – disse o médico.

– Obrigado doutor. Eu vou tomar os medicamentos – aquiesceu.

O médico entregou algumas caixas de medicamentos a Danilo, prescreveu a forma de usá-los, reforçando a necessidade de seguir com o tratamento. Despediu-se, imaginando a complexidade do ser humano; concluiria seu relatório que serviria apenas para encerrar o processo judicial, conforme determinação imposta pelo juiz. Sabia que, como muitos outros casos em sua extensa carreira, este seria mais um rapaz com a possibilidade de ter uma vida trágica e complicada.

Os meses restantes para o fim do cumprimento da sentença foram de intensa vigilância por parte da equipe de segurança do centro de reabilitação. Os garotos mais perigosos foram isolados daqueles que tinham um bom comportamento, e mesmo depois do afrouxamento das medidas, eles continuaram com a socialização comprometida. Tomavam sol em horário diferente dos demais e a recreação deles era rigorosamente monitorada. Os encontros aconteciam esporadicamente no horário das refeições, mesmo assim, qualquer conversa mais reservada era interrompida pelos guardas.

Por essas razões e por iniciativa própria, Danilo se esquivou de encontrar os antigos colegas de fuga. Mantinha sua rotina extremamente metódica e passou a estudar e ler muitos livros na biblioteca do centro. Isso o ajudou a vencer as angústias e os desvarios de sua mente. Semanalmente, algum menino era libertado e entrava um novato para cumprir sua pena. Em determinado dia ele ficou sabendo da saída de Cabeção e pensou que jamais o veria novamente. *Era a vida seguindo seu curso*, pensou.

CAPÍTULO XIII

O diretor estava sentado atrás de uma mesa abarrotada de papéis. A secretária abriu a porta, anunciando o coordenador disciplinar, que entrou acompanhado de Danilo. O diretor levantou os olhos, encarando-o por cima da armação dos óculos de aro de tartaruga. Observou o rapaz moreno, estatura mediana, cabelos pretos cortados bem curtos, parado na sua frente. Era forte como um touro. Seus braços pareciam dois troncos de árvore. As pernas grossas, um pouco arqueadas, davam a sensação de balançar para os lados.

Diferente do rapaz que tinha chegado ao reformatório há dois anos. Os olhos escuros e profundos eram impenetráveis, parecendo transmitir um enorme sofrimento interior. Não tinha aquela expressão de vivacidade, característica dos garotos dessa idade. Parecia muito mais velho do que os 18 anos completados no dia anterior.

– Então, Danilo, está pronto para sair? – perguntou, olhando para ele.

Danilo levantou o olhar encarando o diretor. Nenhuma palavra saiu de sua boca. Parecia não ouvir a pergunta.

O diretor continuou:

— Já faz dois anos que você chegou aqui. Cumpriu sua pena e agora é hora de enfrentar a vida. Se você andar fora da lei, é com a justiça. Cadeia na certa – afirmou, com a fisionomia séria e compenetrada.

Nenhuma palavra. Nenhum comentário. Danilo continuou olhando para o diretor em silêncio. O coordenador entregou seus pertences, guardados em uma mochila cinza um tanto surrada. Ele assinou uns papéis e saiu caminhando em direção à saída. Cruzou o portão de entrada do centro de reeducação e subiu a ladeira vagarosamente. Era uma rua íngreme, que levava ao ponto de ônibus. Pensava o que fazer dali em diante. Iria para a rodoviária comprar uma passagem e voltar para Caetité encontrar sua família? Retomar o trabalho na loja de ferramentas de seu pai? Tinha dúvidas se conseguiria enfrentar a pressão das pessoas na cidade.

Ao cruzar o portão ele sentiu o vento bater em seu rosto de forma diferente. Era a mesma brisa que soprava no interior do centro de detenção, no entanto, tinha a impressão de que ela soprava mais leve. Um sentimento de afago, como se o vento acariciasse seu rosto lhe transmitindo paz. Ao mesmo tempo, um frio intenso percorria seu corpo, tal como uma corrente elétrica lhe avisando que o exterior, apesar da liberdade, trazia muito mais riscos e perigos; muito mais do que a proteção daqueles grandes muros amarelados.

Era um paradoxo: estar livre e sentir-se ao mesmo tempo aprisionado. Livre para caminhar para onde quisesse, preso por não saber para onde ir. Gostaria de reencontrar Valentim, rever Patrícia, mas como saber se eles aceitariam sua amizade novamente?

Absorto em pensamentos, nem percebeu quando um carro emparelhou vagarosamente ao seu lado. Olhou para o veículo, e viu três homens dentro. Reconheceu Cabeção. Ele usava um boné preto, com uma caveira desenhada na parte frontal. Um bigode ralo, parecendo feito a caneta, e um arremedo de cavanhaque, completavam o estilo. Com certeza queria mostrar já ser um homem. Um rapaz negro, forte e mal-encarado, dirigia o carro. No banco de trás, o mesmo garoto que sempre acompanhava "ovo de avestruz".

Chamas da maldade

O rapaz parou o carro e Cabeção desceu. Caminhou até Danilo.
— Toca aqui mano. Bem-vindo à selva. Sabia que ninguém viria te buscar, então, viemos te dar as boas-vindas — disse, batendo com os punhos fechados na mão de Danilo.
— Como vocês sabiam da minha saída hoje? — perguntou.
— Tenho meus informantes, mano. Entre na viatura, vamos dar uns rolês por aí — disse.
Danilo ficou indeciso. Entrar no carro de "ovo de avestruz" seria retomar tudo aquilo que ele não queria para a sua vida: assaltos, tráfico de drogas e sexo. Mas para onde ir nessa encruzilhada que a vida lhe mostrava? Melhor seguir em frente, não entrar no carro e voltar para sua cidade, ponderou. Ou aceitar o convite e deixar os acontecimentos traçarem o seu destino? Cabeção interrompeu o desvario:
— Tá pensando muito mano! Entre aí que temos umas paradas pra resolver — incentivou ele.
— Muito obrigado, mas acho que vou seguir em frente. Meus pais estão me esperando — retrucou.
— Deixa de besteira, mano! Entre no carro e vamos botar o papo em dia. Tem muita coisa boa pra gente fazer.
Cabeção segurou o braço de Danilo e o empurrou para a porta do carro. Mesmo indeciso ele entrou e se acomodou no banco traseiro. Não tinha para onde ir mesmo. Seguiria com eles e depois decidiria o que fazer.
— Ouvi falar de sua saída, mas não acreditava que o veria novamente — disse, dirigindo-se a Cabeção.
— Completei 18 anos há 4 meses. Agora nós somos "de maior" e não podemos vacilar mano. A parada agora é federal — respondeu.
— Não pretendo vacilar de forma nenhuma. Logo vou embora pra minha cidade — afirmou Danilo.
— Fica com a gente um pouco aqui, mano. Quem sabe você gosta. Depois você decide o que fazer — convidou Cabeção.

— Tudo bem. Por enquanto vou ficar aqui, não sabia o que fazer mesmo. Estou em dúvida se volto agora pra minha cidade ou se dou um tempo – afirmou.

— Estamos juntos, mano. Vai rolar umas paradas e a gente tá dentro.

Danilo seguiu com eles para a comunidade. Antes, passaram pela orla, onde pôde apreciar as ondas quebrando na praia. Teve vontade de descer e caminhar ao sabor do vento. Mesmo dentro do carro, chegou a ouvir o barulho da areia rangendo sob seus pés. Seus pensamentos voaram até sua cidade natal; lembrou de sua infância, da escola, dos amigos. Recordou-se do que o fizera chegar até ali. O carro parou em uma rua estreita e os rapazes desceram. Cabeção bateu no vidro e falou:

— Bora tomar umas cervejas aqui, mano. O dia hoje é para comemorar e não fazer nada – disse, fazendo um gesto com as mãos.

Sentaram-se no bar e pediram cerveja. Enquanto bebiam, Cabeção falou do plano de cuidar dos pontos de venda de droga para ganhar muito dinheiro. Danilo tinha a impressão de que isso acabaria mal, e o futuro daqueles rapazes estava bastante comprometido, assim como o seu, caso continuasse enturmado com eles. Mais uma vez ficou em dúvidas de continuar ali. Precisava se decidir e dar um rumo à sua vida; com certeza não seria junto daqueles rapazes. O objetivo deles era viver apenas o hoje, e jamais pensar no amanhã, diferentemente do que Danilo pensava: construir uma vida, ter uma família, apesar de não saber se conseguiria realizar esse sonho.

Filomena vivia uma grande expectativa para a saída de Danilo. Seu filho passara dois anos naquele reformatório, misturado a jovens de todos os tipos e de todas as partes do Estado. Esperava que ele tivesse se mantido íntegro, não se envolvendo em aventuras perigosas. Seu maior desejo era que ele voltasse com a cabeça no lugar, que pudesse esquecer o episódio acontecido naquela tarde na fazenda. Não sabia se as pessoas da cidade iriam aceitar passivamente a sua volta. Poderiam hostilizá-lo, ou quem sabe, compreendessem que ele não era um rapaz de coração duro, que aquilo fora uma fatalidade inexplicável.

Na véspera, ela havia ligado oferecendo-se para irem buscá-lo, entretanto Danilo dispensou a presença deles dizendo que iria voltar de ônibus. Filomena preparou muitas guloseimas, trocou a roupa de cama por uma novinha comprada no armazém, deixando tudo pronto para a chegada de Danilo. Pascoal, ao contrário de sua esposa, estava taciturno. Semblante carregado, ele antevia muitas dificuldades com a volta do filho. As pessoas da cidade iriam tratá-lo com preconceito, fazer provocações e ninguém poderia prever a reação de Danilo. Pascoal receava o que pudesse acontecer. Bom seria se ele fosse morar em outra cidade. Quem sabe, arranjar um emprego em Guanambi. Seu irmão tinha uma oficina mecânica lá, talvez pudesse dar emprego para o rapaz. Mais tarde, enquanto almoçavam, ele falou com a esposa.

– Filó, estive pensando, quem sabe o Danilo não vai trabalhar com o Zé Francisco, lá em Guanambi. A oficina dele é grande e ele poderia arranjar um emprego para ele lá.

– Você pensa que o menino não vai ficar bem aqui? O povo pode querer se vingar dele? – perguntou aflita.

– Não seria por medo de vingança, mas porque eu acho que ele vai sofrer muita discriminação aqui. O povo pode ficar jogando o acontecido na cara dele, aí isso não vai passar nunca – explicou.

– Eu o queria junto com a gente, mas você tem razão. Ele passar um tempo em Guanambi pode ser bom para esfriar os ânimos – concordou.

Terminaram de almoçar e ficaram na expectativa da chegada de Danilo. Filomena olhava o relógio de hora em hora, e vez por outra, esticava o pescoço para a janela, olhando até o final da rua. A direção do reformatório ligara no dia anterior, avisando que ele sairia naquela manhã. Então, o certo seria ele chegar a Caetité, do meio da tarde até o escurecer. Os ônibus vindos de Salvador, chegavam à cidade às 10 horas, às 15 horas e o último chegava as 19h30.

Ficaram acordados até a meia-noite e Danilo não apareceu. Pascoal gostaria de ter ido dormir com as galinhas, – como sempre fazia – mas ficou com pena de deixar Filomena sozinha. Cochilava no sofá, enquanto ela rezava o terço na esperança do filho chegar. Com certeza, algum imprevisto poderia ter acontecido para ele se atrasar. Talvez tivesse perdido o ônibus, quem sabe? Desistiram de esperar e foram dormir apreensivos. Na manhã seguinte, Filomena ligaria para o reformatório para saber alguma notícia; seu coração de mãe já pressentia algo de anormal acontecendo.

Ela passou a noite rolando na cama, e na manhã seguinte, exatamente às 10 horas, ligou no reformatório. A moça atendeu e ela perguntou por Danilo.

– Ele saiu ontem por volta das 9 horas, minha senhora. Tudo aconteceu conforme a rotina do centro. Não houve nenhuma anormalidade – explicou a funcionária

– Ele disse para onde ia? Deu alguma informação? Pois ele não chegou em casa – disse, ansiosa.

– Não sabemos de nada, senhora. Aqui correu tudo normalmente. Espere um pouco mais, talvez ele apareça hoje – disse a moça, com paciência.

– Obrigada, vou esperar um pouco mais – agradeceu Filomena.

Desligou o telefone e desabou na cadeira. Estava em frangalhos. Seu coração batia aceleradamente. O que teria acontecido com seu filho querido? Onde ele estaria nesse momento? Ele saíra do reformatório na hora prevista e não chegara em casa. Teria se perdido no caminho para a rodoviária? Falou com Pascoal, que sugeriu esperarem até o fim do dia, e então falar com o delegado para ver como ele poderia ajudar. Se Danilo não chegasse era porque algo terrível deveria ter acontecido. Eles precisavam saber para tomar providências.

CAPÍTULO XIV

Três dias após ter saído do reformatório, Danilo ainda não havia ligado para sua mãe. Precisava falar com ela para explicar sua decisão de não voltar para casa. Conhecia o temperamento dela, e, na certa, estaria desesperada aguardando sua chegada em Caetité. Ele ainda não decidira o que fazer de sua vida, e, cada vez que pensava em voltar para casa, sentia uma tremenda pressão interior, imaginando tudo que poderia acontecer. As pessoas acusando-o de matar o pobre rapaz naquele buraco, de sofrer de transtornos mentais e muitas outras coisas. Não voltaria para a escola e muito menos para a loja. Não haveria clima para se adaptar novamente e todos o olhariam com desconfiança. Melhor ficar por ali, onde Cabeção o acolhia, incentivando-o a entrar nas tramoias enredadas por ele e os amigos. Na manhã do quarto dia, quando ligou para sua mãe, pôde ver o tamanho do desespero dela:

– Meu filho, o que aconteceu? Onde você está, por que não chegou em casa? – falava, soluçando.

– Não aconteceu nada, mãe. Estou na casa de uns amigos, está tudo bem. Não precisa se preocupar – respondeu.

– Por que você não voltou meu filho? Estávamos te esperando.

— Eu estou meio confuso, mãe. Vou ficar uns dias aqui. Assim que minha cabeça se acalmar eu volto — afirmou.

— Estou muito infeliz, meu filho. Queríamos você aqui conosco — repetiu com tristeza.

— Pode deixar, logo voltarei para casa, mãe — repetiu.

— Tá bom meu filho. Toma cuidado aí e não deixe de dar notícias. Nós estamos sofrendo muito com sua ausência — disse.

— Sim, mãe. Eu vou tomar cuidado. Assim que puder eu vou encontrá-los — disse, encerrando a ligação.

Filomena desabou na cadeira. O soluço inicial deu lugar a lágrimas silenciosas, escorrendo por sua face. Pascoal se aproximou, ela levantou a cabeça.

— Nosso filho não vai voltar, marido — falou com tristeza.

Ele acariciou seu cabelo, segurou suas mãos e respondeu:

— Talvez seja melhor assim. O tempo vai passando e as pessoas vão esquecer esse fato. Quando tudo se acalmar ele poderá voltar — afirmou.

Danilo conseguiu um quarto para ficar num local próximo à residência de Cabeção, que havia alugado um espaço de uns sessenta metros quadrados, dividido em quarto e sala, com uma pequena cozinha dando para uma área descoberta da laje. Levou a namorada para morar com ele. Ela tinha 16 anos e estava grávida de 8 meses. Apesar da pouca idade, já era bem experiente. Perdera o pai em um tiroteio de gangues e a mãe se enveredara pelas drogas. Como tantas outras, era mais uma filha do tráfico. Com um passado repleto de sofrimentos e privações e um futuro sem perspectivas.

Eles haviam se encontrado num daqueles bailes funk que os jovens da comunidade costumavam frequentar. Ela estava com as amigas quando conheceu Cabeção. Ele dizia que iria ganhar muito dinheiro e que ela seria uma princesa. Sem dúvidas, Nayara não acreditava na resenha dele, mas qual a razão de não valorizar esses devaneios se os jovens como ela e o namorado, às vezes tinham apenas o dia e a noite? Para ela, o rapaz representava uma oportunidade de sentir-se protegida, de pertencer a algum projeto, mesmo acreditando tratar-se de um delírio. Quando ele ficara preso, ela se enrolara com outros rapazes, mas todos sabiam que não podiam dar mole; a garota era a escolhida do "ovo de avestruz".

Cabeção montou a pequena casa, pois agora era um homem "de família", na eminência de ser pai. Sentia-se mais responsável, querendo assumir outras tarefas dentro da hierarquia do tráfico. Por isso, estava sempre pronto para cumprir as ordens dos superiores. Danilo interagia com as atividades deles, mesmo sabendo dos perigos que corria. Acompanhava-o em suas andanças, fazendo as entregas e recebendo o dinheiro. Deixou para trás as dúvidas e se aprofundou no negócio. O importante era ganhar dinheiro e curtir a vida.

Já estava completando um ano em Salvador, e Danilo se acostumara com a rotina e gostava da vida que levava. Semanalmente, ele recebia o pagamento pelo serviço e, com esse dinheiro, conseguia bancar o aluguel e a comida. Foi até possível juntar algum para as necessidades extemporâneas. Gostava de ir à praia aos finais de semana e frequentar os bailes durante a noite. Conheceu algumas garotas e se interessou por uma morena cheia de curvas, muito atraente. Já passava mais tempo com ela e até pensava em namorá-la, mas em seu íntimo, o pensamento voava sempre ao encontro de Patrícia.

Danilo havia cumprido sua pena e nada pesava sobre sua cabeça, exceto os tormentos que assolavam sua mente, dos quais não conseguia se livrar. Por mais esforço que fizesse para se eludir, os pesadelos e as alucinações apareciam. Quando tomava os remédios tudo parecia se normalizar, entretanto, não tinha disciplina para seguir o tratamento. Precisava marcar uma consulta, para conseguir uma nova receita, pois os remédios eram controlados e vendidos apenas com prescrição médica. Como não fazia isso, ficava sem tomar a medicação e os problemas voltavam.

Miqueias vinha todo mês a Salvador e fazia suas pregações na comunidade. Era a oportunidade de ouvir seus conselhos, saber notícias da terra natal e dos parentes. Contou-lhe que seus pais tinham um novo ajudante na loja, para atender os clientes. Danilo perguntou pelos amigos, na esperança de que ele falasse de Patrícia, mas o mestre não sabia nada sobre eles. Na sua mente, imaginava que tudo podia estar como antes, e, quando voltasse, poderia retomar a vida de onde havia parado. Quando enxergava essa perspectiva com os olhos da realidade, sabia que isso era uma utopia. O tempo jamais para e sem que percebamos, vai moldando novas formas de vida e novos sonhos no coração das pessoas.

Danilo não estava muito disposto naquela sexta-feira. Tinham trabalhado o dia todo e almoçaram em um restaurante do outro lado da comunidade. A comida batera mal em seu estômago. Quando chegou em casa, sentiu náuseas e vomitou duas vezes no banheiro. Deitado na cama, com os olhos fechados, ouviu uma batida na porta. O som estava muito distante, mas era pelo estado de letargia em que se encontrava.

A contragosto, levantou-se e foi abrir. Cabeção estava em pé, na soleira. Seu boné característico cobria a cabeça raspada e um cigarro pendia dos lábios.

— Bora mano, temos um bagulho pra entregar e já estamos atrasados – falou ele, com aquele jeito gozador.

— Nossa, cara. Estou mal pra caramba. Parece que o caminhão de lixo passou por cima de mim – respondeu Danilo, fazendo uma careta.

— Vamos passar na farmácia e você toma um antiácido. Isso vai passar. Deve ter sido aquele frango mal cozido daquela espelunca da dona Rita – disse.

— Foi isso mesmo. Preciso deixar essa mania de comer frango em qualquer lugar – aquiesceu.

Pegou o boné e saiu andando tropegamente. Tinha a impressão de ter bebido uma dúzia de cervejas. Endireitou o passo e entrou no carro, onde dois rapazes já se encontravam. Nesse dia "ovo de avestruz" estava dirigindo e eles subiram por uma rua estreita e tortuosa. Passaram em uma farmácia, onde Danilo pediu um remédio para mal-estar estomacal. O atendente preparou um coquetel com vários ingredientes que somente ele conhecia. Quando bebeu aquilo, achou que derreteria seu estômago. Levando em conta o gosto amargo, deveria ser uma solução eficiente para o problema.

Pegaram as encomendas no ponto de distribuição e levaram para os "pombos correio" – como eram chamados os entregadores das drogas –, que as levariam aos destinatários finais. Na última parada, o rapaz moreno e muito magro estava tão nervoso que deixou o pacote cair. Cabeção o repreendeu, dizendo para tomar cuidado e ele saiu em disparada. Enquanto dirigia de volta, ele falou pensativo:

– Estranho esse moleque, o medo estava estampado em seus olhos. Será que está acontecendo algo e não sabemos? Isso não está me cheirando bem.

– Eles estão sempre com medo. Os concorrentes, a polícia, tudo que eles veem parece uma sombra ameaçadora – concordou Danilo.

– Por falar em polícia, está muito calmo por esses lados. Não gosto desse *paradeiro*. É um mau presságio – disse "ovo de avestruz", coçando a barbicha rala.

– Não vimos sinal de polícia por aqui. Preocupo-me mais com essa guerra dos concorrentes do que com os milicos – disse o rapaz sentado no banco de trás.

– Vamos tomar uma cerveja naquele bar ali – disse Cabeção, apontando uma porta aberta.

Cabeção estacionou o carro e entraram no bar. O local ficava na confluência de duas ruas estreitas. Uma porta dava para a rua que descia e outras duas davam para a subida do morro. O salão dispunha de quatro mesas de plástico amarelo, com cadeiras brancas. Um grande balcão de madeira separava o público da área interna. Um rapaz atendia os frequentadores do lado de fora do balcão, e, do lado de dentro, o proprietário com cara de poucos amigos observava o movimento e recebia os pagamentos.

Sentaram-se e pediram duas cervejas. O garçom trouxe os copos de vidro; pareciam sujos e mal-lavados. Serviu a bebida e quando chegou a vez de Danilo, ele colocou a mão sobre a borda do copo:

– Obrigado, não precisa servir. Não vou beber hoje! – disse.
– Tá de sacanagem mano? – perguntou Cabeção.
– Nada disso. O remédio está fazendo efeito. A barriga não está muito camarada – respondeu.
– Ah bom, sendo assim tudo certo. Amanhã você já estará bem e vamos tomar outra – concordou.

Depois de uma hora os rapazes já tinham esvaziado mais de meia dúzia de cervejas. Danilo sentia o mal-estar passando, mas não se animou a beber. Melhor seria esperar ficar bom definitivamente. Sentiu vontade de ir ao banheiro, levantou-se da cadeira e disse:

– Pessoal, vou ali no *cabungo*. Aquele veneno do rapaz da farmácia está fazendo efeito.

– Cuidado mano, vê se não suja as calças – disse Cabeção com uma gargalhada.

O banheiro ficava na parte dos fundos do bar. Para chegar lá, o cliente atravessava um corredor estreito pelo canto do balcão que dava em uma pequena área coberta. De um lado ficava um tanque de lavar roupas, do outro uma porta com uma placa pendurada com arame, onde estava escrito "toilet". O dono queria ser um cara letrado e escrevera pessoalmente na placa, certo de ter grafado o correspondente de banheiro em francês.

Danilo entrou e o fedor do local quase o fez vomitar. Notara que não existia outro banheiro, então aquele era usado tanto por homens como por mulheres. Pensando bem, aquele bar não era lugar para mulheres, matutou. Talvez por isso existisse apenas um banheiro no local. De qualquer forma, teria que se sujeitar a resolver suas necessidades ali. Olhou em volta e encontrou um rolo de papel higiênico. Aquilo o deixou mais aliviado, pois ao menos poderia ter um mínimo de asseio pessoal após o uso.

Absorto em pensamentos, ouviu o barulho de um carro freando na rua. Por instantes imaginou o que poderia estar acontecendo, mas voltou a se concentrar em sua tarefa. De repente, o barulho de cadeiras sendo arrastadas, mesas caindo e disparos. Foram muitos disparos. Contou ao menos vinte tiros de pistola. Conhecia o barulho. Por diversas vezes, acompanhara Cabeção em uma mata próxima da comunidade, para treinamento de tiro. Ele mesmo havia feito muitos disparos. Apesar da insistência dos rapazes, ele não usava pistola, porque não acreditava no poder de uma arma de fogo.

Ficou sentado no vaso, quieto, ouvindo o barulho no bar. O que estaria acontecendo? Seria a polícia adentrando de repente, ou quem sabe as gangues concorrentes, deflagrando a guerra de que ele ouvira falar? Suas pernas tremiam e as necessidades fisiológicas foram interrompidas prontamente. Não sentia nada, a não ser o temor de que a porta fosse chutada, e alguém disparasse nele, ali, naquele local e daquela maneira. Seria uma morte inglória, com as calças arriadas no joelho.

Passados cinco minutos, ouviu o ronco do motor. Os pneus fritaram no asfalto, sinalizando que o carro arrancara em grande velocidade. O barulho foi diminuindo até sumir de vez. Danilo então se levantou do vaso, vestiu as calças e caminhou cuidadosamente pelo corredor até chegar ao salão. Olhou em volta e constatou vários corpos estendidos no chão.

Cabeção esvaía em uma poça de sangue. Na mão esquerda ele segurava uma pistola. Os outros dois rapazes estavam caídos um sobre o outro. Mais à frente, um desconhecido sangrava no peito com a arma entre os dedos da mão direita. Decerto fora alvejado por "ovo de avestruz". Ele ainda respirava, mas não duraria mais que alguns minutos. Devia ser membro da gangue rival, pois com certeza esse ataque não fora arquitetado pela polícia. O dono do bar apertava o ombro que sangrava, deixando uma mancha vermelha sobre a camisa branca. Sua expressão era de espanto. Do outro lado do salão, o garçom estava sentado no chão, com os olhos esbugalhados e tremendo de medo, sem entender como saíra vivo daquela refrega.

Danilo pensou rapidamente. Não poderia ficar ali, pois logo a polícia chegaria. Olhou para os companheiros e viu que não havia nada a ser feito por eles. Precisava sair imediatamente daquele local. Pegou as chaves do carro em cima da mesa e saiu. Espiou a rua e não viu ninguém. As pessoas não gostavam de aparecer quando aconteciam esses tiroteios. Entrou no carro, deu partida e seguiu para sua casa.

Danilo passou a noite em claro antevendo o que o destino lhe reservava naquela vida. Viu cada cena em câmara lenta. Apesar de não ter presenciado o tiroteio, conseguiu imaginar cada detalhe do ocorrido. Os bandidos rivais entrando, a surpresa de Cabeção e seus amigos e o início do embate. Chegou a sentir o cheiro de sangue e a dor que eles deveriam ter experimentado. Será que tiveram tempo de sentir medo? De ver a face da morte antes das balas perfurarem seus corpos? Cabeção pensou na mulher e no filho que estava chegando, ou se concentrou em tentar salvar a sua vida? *Ele não teve tempo de pensar em nada*, concluiu. Já estavam meio bêbados e a mente deveria estar um tanto atordoada pelo álcool.

Levantou-se na manhã seguinte e foi se encontrar com os chefes da comunidade. Contou-lhes detalhadamente o ocorrido, ficando com a impressão de que não acreditaram. Perguntaram várias vezes porque ele não estava no salão com os outros. Mesmo depois de explicar tudo novamente, Danilo percebeu a dúvida em seus olhos.

Foi até à casa do Cabeção falar com a mulher dele. Ela já havia sido informada dos acontecimentos e chorava em um canto da sala. Uma amiga segurava suas mãos, tentando consolá-la. Apesar de acostumada com a selvageria desses lugares, onde fatos dessa natureza eram corriqueiros, onde famílias eram destruídas e vidas tiradas a todo tempo, foi um baque tremendo para ela. Acreditava estar começando uma vida nova ao lado de um homem que a tratava com dignidade. Essa era a vida dessa gente. Mais um filho do tráfico, que iria crescer sem pai e sem perspectiva de futuro.

Danilo passou o dia remoendo tudo o que havia acontecido. Certamente teria morrido, não fosse o mal-estar que o obrigara a procurar um banheiro. Na noite seguinte, mal conseguiu pegar no sono novamente. Pensava em como resolver sua vida e decidiu ir embora para Caetité. Já fazia um ano de sua saída do reformatório e a experiência vivida na capital não recomendava continuar daquela forma. Com certeza, haveria um revide ao ataque sofrido e muitos mortos ainda seriam contados. Preferia enfrentar as dificuldades reais, os fantasmas de sua mente, num ambiente mais acolhedor, onde conhecia as pessoas e poderia, quem sabe, encontrar melhores razões para viver.

CAPÍTULO XV

Valentim completou 18 anos na última sexta-feira do mês de dezembro. Estava todo animado com a maioridade. Sonhava em fazer muitas coisas a partir desta data. O pai prometeu ajudá-lo a comprar uma van para fazer o transporte escolar na prefeitura. Ele então poderia falar com mais segurança com a família sobre o casamento com Patrícia. Mesmo sendo apenas uma data como outra qualquer, sentia o encerramento de um ciclo e o começo de outra etapa da vida. Queria muito que chegasse esse momento. As pessoas são assim mesmo, somente o tempo consegue amadurecer os sentimentos e as percepções do que é realmente importante na vida.

Na semana anterior ao aniversário, Valentim providenciou o cadastro junto ao departamento de trânsito para tirar a carteira de motorista. Já dirigia como um adulto, todavia, somente com a maioridade poderia ter o documento e ser independente. Como prometido, seu pai completou suas economias com o necessário para a compra do veículo. No sábado, eles fizeram uma comemoração do aniversário, reunindo alguns amigos, mas Valentim só tinha olhos para sua nova aquisição: a van estacionada na garagem, lavada e encerada. Até a namorada ficou enciumada com o desvelo dedicado à sua nova conquista.

— Val, você só fala dessa van. Até parece que vai morar dentro dela — disse Patrícia, em tom de brincadeira.

— Desculpe, minha querida. Fiquei tão animado que estou parecendo um bobalhão mesmo — concordou, com um sorriso.

— Quando você começa a trabalhar no transporte escolar, Val? — perguntou um colega.

— Meu pai falou com o prefeito. Ele disse que no início do ano já estarei na frota. Na segunda-feira vou iniciar as aulas na autoescola e acho que dentro de um mês poderei pegar minha carteira. Se eu passar na prova, é claro! — explicou.

Valentim começou a trabalhar com o transporte das crianças em janeiro, no início do ano letivo. A rota era bastante complicada, pois as estradas esburacadas demandavam atenção total no trajeto. Qualquer deslize poderia causar uma tragédia. Seu pai orientou para que mantivesse o carro sempre em perfeitas condições. Como eles tinham a oficina mecânica, ele mesmo cuidava das manutenções. Depois de um ano de trabalho, era o motorista mais elogiado pelos pais dos alunos. Cumpria o horário determinado e cuidava das crianças com muito carinho. Nas horas vagas ainda ajudava o pai na oficina.

O relacionamento com Patrícia amadurecia a cada dia. Com a segurança do trabalho, já pensavam seriamente em se casar; quem sabe dentro de mais um ano. Falou com sua mãe e ela já admitia essa possibilidade. Patrícia havia terminado o ensino médio e cursava contabilidade na faculdade estadual. Trocou o emprego de vendedora pelo de auxiliar de recursos humanos em uma empresa de engenharia e cada vez estava mais animada com o futuro. Já buscavam uma casa para comprar e sonhavam com um quarto decorado para receber o futuro herdeiro ou herdeira da família.

Todo o tempo livre era motivo para ficarem juntos. Passeios pelos campos e cachoeiras, festinhas e eventos folclóricos, lá estava o casal em companhia dos amigos. Eram tão convictos do amor que sentiam, e da certeza de que eram feitos um para o outro, que na intimidade, já se comportavam como se fossem casados. Eles se entregaram mutuamente sem nenhum pudor, deixando extravasar todo amor que explodia dentro deles.

Mesmo se amando na plenitude da relação, eles entendiam que era importante manter as aparências, em respeito aos familiares. Tinham a consciência plena de que precisam evitar uma gravidez precoce, pois isso fatalmente comprometeria o apoio dos familiares já que eles eram bastante tradicionais. Patrícia era quem mais sofria com esse dilema, pois sua avó falava abertamente sobre o tema.

— Você precisa se cuidar minha filha, pois o homem não valoriza a mulher que se entrega antes do casamento — dizia, aconselhando a neta.

— Vovó, os tempos mudaram. Hoje as pessoas são muito mais liberais. Comportamentos que eram muito valorizados antigamente, já não fazem sentido nos tempos atuais — disse.

— Para mim, os tempos continuam os mesmos minha filha. Mulher só deve se entregar ao marido no dia do casamento. Qualquer coisa antes disso é safadeza — repetia sua avó.

— Eu entendo seu pensamento vovó, mas realmente as pessoas são muito diferentes hoje. Antigamente elas ficavam casadas, mesmo se não gostassem um do outro. Hoje, a maioria não se submete mais a esses dogmas. Se não deu certo, cada qual segue o seu caminho em paz.

— Pra você isso é normal, mas para mim não. Essa liberdade faz tantas famílias desestruturadas por aí.

— Existe algo neste sentido. Mas a senhora concorda que existem muitas pessoas infelizes também, por manter um casamento de fachada?

– Pode ser, mas no meu tempo esse negócio de separação era apenas quando a morte chegava. Casal foi feito para ficar junto para sempre.

– Até entendo o seu ponto de vista vovó, mas atualmente as pessoas já não pensam assim. Hoje existe todo o tipo de família. Homens criam os filhos sem as mulheres, pessoas do mesmo sexo constituem famílias.

– Cruz credo! Não gosto nem de ouvir falar disso. Isso é do demônio! Não concordo com essas loucuras.

– Vovó, no Brasil existem milhares de famílias chefiadas por mulheres sozinhas. Elas trabalham e cuidam dos filhos sem a presença do homem. A senhora mesma, me criou praticamente sem a ajuda de ninguém – disse Patrícia.

– É, mas foi um caso diferente. Eu fiquei viúva muito cedo e nunca mais me interessei por homem nenhum. Jamais me casaria novamente. E sua mãe não teve juízo para te criar, que Deus a proteja onde ela estiver – afirmou.

– A senhora é um exemplo de dedicação e amor, vovó. Eu a amo muito e devo tudo à senhora – finalizou.

Patrícia abraçou sua avó. Não adiantava ficar discutindo e tentar colocar a realidade do mundo atual em sua cabeça. Ela jamais iria aceitar a liberdade conquistada pelas mulheres, principalmente no tocante à sexualidade. Para ela e tantas outras pessoas nascidas naquele tempo, o sexo era um ato extremado, aceito apenas para a procriação. Nada ligava a atividade sexual ao prazer e aos desejos carnais. Era melhor deixar como estava e aceitar a forma de pensar da avó. Nada iria mudar.

O que eles deveriam fazer, era manter as aparências e realizar o casamento em sua forma tradicional. As pessoas mais velhas queriam acreditar que tudo era como eles gostariam que fosse, mas no fundo, sabiam que tudo acontecia no escurinho do cinema, nos motéis ou em qualquer lugar onde os jovens pudessem ficar a sós. Era da natureza deles e isso não iria mudar jamais.

Danilo chegou a Caetité dois dias depois da morte de Cabeção. Falou com os chefes da comunidade que seus pais precisavam dele e por isso, voltaria para sua cidade. Eles acharam até melhor o caipira ir embora, pois na ausência de "ovo de avestruz", já não sabiam que utilidade ele poderia ter. Quando chegou à cidade já era noite. Desceu na rodoviária, caminhou até um bar próximo e pediu uma cerveja. Ninguém o reconheceria. Quando saiu da cidade há mais de três anos, sua aparência era de um rapaz; agora estava bastante mudado, era um homem. Usava boné e um bigode ralo que dava uma impressão de descuido.

Pensava no que fazer, agora que estava em sua terra natal. A lógica seria voltar para a casa de seus pais, abraçar sua mãe e retomar o trabalho na loja. Mas ele não queria isso. Sua vontade era ficar sozinho e cuidar da sua própria vida. Não tinha motivação para retomar a vidinha de antes. Passara por muitas experiências nesses três anos longe. Convivera com situações inusitadas e presenciara a crueldade da vida em seu sentido mais amplo. A perda de vidas, a falta de cidadania e de respeito. Seja no tratamento dedicado aos menos favorecidos, menores de idade e famílias mais vulneráveis, seja no total desrespeito à vida nas comunidades por onde andou.

Desde pequeno, Danilo sempre tivera uma ínfima percepção entre o bem e o mal. Apesar do amor experimentado pela criação de Filomena e Pascoal, ele se ressentia da falta que sua mãe biológica fazia, principalmente nos eventos onde os colegas interagiam com suas genitoras. Nestes momentos, pensava ter sido a consequência de algo não desejado, e que por obra do destino ficara à mercê da bondade dos outros.

Durante toda a adolescência vira sua mãe apenas duas vezes. Em nenhuma delas experimentara qualquer sentimento: afeto, amor, ternura, nada que ligasse de forma concreta os dois seres maternalmente afetivos. Não deixava de reconhecer o esforço empreendido por Filomena e Pascoal para suprir suas carências de afeto, mas mesmo nesse caso, ele os via como pessoas distantes e cumpridoras de uma obrigação moral.

Depois de tomar mais duas cervejas pediu uma comida e quando terminou, seguiu para um hotel duas ruas abaixo da rodoviária. Ficaria ali por alguns dias até resolver o que fazer. Tinha algum dinheiro guardado, que daria para o seu sustento até arranjar um emprego. Conhecia um rapaz que trabalhava como frentista em um posto de gasolina. Quem sabe ele ajudasse a conseguir uma colocação.

Registrou-se no hotel e subiu para o quarto. Deitou-se na cama e seus pensamentos vagaram pela imensidão. Por mais que buscasse, não encontrava o eixo que tanto precisava. Na manhã seguinte, iria falar com o mestre. Talvez ele pudesse ajudá-lo a colocar sua vida no rumo. Adormeceu quando o dia já raiava. Levantou-se por volta das 9 horas, tomou banho e saiu para a rua.

Estava de volta em sua cidade natal, mas era como se fosse um estranho pisando pela primeira vez naquelas terras.

CAPÍTULO XVI

Assim que saiu do hotel, Danilo caminhou até a praça central da cidade. Queria rever os lugares onde passara a maior parte de sua infância. Antes, passou em uma lojinha de informática e comprou um celular pré-pago, daqueles que trazem o chip embutido. Ainda não tinha para quem ligar, pois jogara fora o aparelho anterior, e com ele, todos os contatos, assim que resolveu sair de Salvador. Não queria deixar conexões para trás. A vida precisaria seguir sem outros fantasmas para ocupar sua mente. Bastava os de sempre, que não lhe davam sossego.

Depois, iria procurar Valentim e perguntar por Patrícia. Mais tarde visitaria sua mãe. Sentou-se em um banco da praça, enquanto observava as pessoas passeando para um lado e para o outro. Muitas delas ele conhecia, mas não queria que notassem sua presença naquele momento. A cidade de Caetité era um polo de atração de trabalhadores para as minas de urânio e ferro, como também, uma passagem quase obrigatória para o litoral, então, as pessoas não estranhavam se algum desconhecido perambulasse pelas ruas da cidade. Não poderia ficar dando mole, ou a polícia o abordaria.

Estava tão entretido, observando uns garotos jogando bola do outro lado, que mal notou um casal de namorados sentados em um banco, logo à frente daquele onde se sentara. O timbre de voz da moça chamou sua atenção; ela falava com o rapaz. Seu coração disparou, sua cabeça rodou. A voz era de Patrícia, ele não tinha dúvidas. Olhou disfarçadamente para o casal e teve a certeza de que era ela. O rapaz estava de costas. Seus braços rodeavam o pescoço dela. Danilo teve vontade de chorar. Seu corpo tremia de emoção. Quantas vezes sonhara encontrá-la quando voltasse. Imaginou abraçando-a, beijando seus lábios e dizendo que gostaria de namorá-la. Em seus devaneios, ela o aceitaria prontamente; diria ter esperado por ele com o coração despedaçado de saudade.

Nunca em suas maquinações, havia imaginado voltar e encontrá-la namorando outro. Para ele, esse pensamento era uma heresia, por isso, quando aventava a possiblidade disso acontecer, afugentava essas considerações. Para qualquer pessoa normal seria uma paranoia, imaginar alguém o esperando sem nunca ter falado para essa pessoa que a amava; para ele, era um raciocínio normal. Ele queria namorá-la, então, o justo seria ela estar esperando essa declaração. Tentou se acalmar, enquanto observava o casal conversando e trocando carinhos. Depois de um tempo, levantou-se e rodeou a praça pelo outro lado. Queria saber quem era ele. Quando se aproximou, pôde observar a fisionomia do acompanhante. Qual não foi a sua surpresa ao reconhecer Valentim.

Então era ele. Seu melhor amigo com a menina eleita para ser sua namorada. Como isso podia estar acontecendo? Valentim o apresentara à Patrícia. Eram amigos e nunca tinham falado de namorar. Como podiam estar juntos agora? Teve vontade de avançar sobre eles e socá-lo até não poder mais. *Que atrevimento daquele pirralho em tomar-lhe a mulher sonhada*, pensou. Olhou para Valentim: ele se tornara um homem feito! Alto, forte, cabelos loiros e olhos esverdeados, continuava bonito como sempre fora, constatou. Sorria de forma apaixonada para Patrícia. Desviou o olhar para ela. Como ficara bonita! Aqueles mesmos cabelos cacheados caindo pelos ombros, a sobrancelha alta e o olhar doce e carinhoso. Dava para ver o corpo esguio, sobressaindo por baixo do vestido, mesmo ela estando sentada.

Quando falava, o sorriso dela parecia um raio de sol despertando em uma manhã ensolarada. Danilo ficou tão hipnotizado, que parou de frente para o casal a uma distância de uns trinta metros. Sua atitude chamou a atenção de Patrícia. Ela notou aquele estranho olhando para eles e cutucou Valentim.

– Val, quem será esse homem? Está olhando fixamente para nós – disse, apontando para o estranho.

– Não sei quem é. Talvez algum desempregado querendo pedir uma esmola – respondeu, sem dar muita atenção.

Valentim não estava interessado em observar pessoas estranhas. Olhara de relance aquele indivíduo os observando e voltou a se concentrar na conversa. De repente, uma luz acendeu em sua memória. O homem tinha algo de familiar. Ele olhou novamente e quase não acreditou. Danilo, seu amigo de infância estava ali, parado, olhando para eles. Virou-se para Patrícia e viu que ela também o reconhecera. Levantou-se e se dirigindo ao rapaz, disse:

– Danilo! Não acredito em meus olhos... Então você voltou. Que surpresa maravilhosa! – exclamou.

Danilo levou um susto. Estava paralisado com a cena do casal de namorados e perdera a noção do tempo. Não sabia se estava ali havia uma hora ou apenas alguns minutos. Quando ouviu a voz de Valentim lhe chamando, foi como se tivesse acordado. Caminhou até eles e disse:

– Olá Val, como você está? E aí Patrícia, tudo bem? Que bom encontrar vocês – cumprimentou, timidamente.

– Nossa, Dan. É muito bom te ver. Pensamos se tratar de um estranho. Quando você chegou? – perguntou o amigo.

— Cheguei ontem à noite. Vim aqui para relembrar um pouco. Depois vou até a casa dos meus pais – disse.

— Muito bom você ter voltado. Vamos marcar pra gente se encontrar depois – disse Valentim.

Patrícia observava a conversa dos amigos. Ela estava impressionada com a mudança de Danilo. Mais forte, o rosto quadrado e as feições duras. Parecia outra pessoa, diferente do garoto que ela conhecera na adolescência. Sentiu a necessidade de falar uma palavra.

— Danilo, fico feliz com a sua volta. Seja bem-vindo – disse.

— Obrigado. Não sabia que vocês estavam namorando.

— Já faz mais de dois anos. Nos casaremos no ano que vem – disse, olhando carinhosamente para Valentim.

— Fico feliz por vocês – respondeu, educadamente.

Despediram-se e ele caminhou em direção à casa dos seus pais. Foi uma surpresa aquele encontro. Seu melhor amigo e a menina dos seus sonhos iriam se casar. *Mas pensando bem, é normal isso estar acontecendo*, considerou. Nunca falara para Patrícia que gostaria de namorá-la. Nem quando eles conversavam, ele dera a entender algo nesse sentido. Depois, acontecera o episódio da morte do Paulo. Ele fora preso, transferido para a capital e nunca mais se falaram. Melhor mesmo ela ficar com Valentim. Era um rapaz sério, trabalhador, estudioso, e ainda por cima, seu amigo. Teria de aceitar a realidade e conviver com isso.

Chegou à casa de sua mãe e entrou. Ela levou um susto, pois não esperava uma visita dele assim, de repente. Filomena abraçou o filho deixando escapar algumas lágrimas de felicidade. Chamou Pascoal, que se aproximou e cumprimentou Danilo segurando seu braço e batendo a mão em suas costas. Não era dado a intimidades e esse gesto já demonstrava sua satisfação em ver o filho de volta. Danilo ficou até o almoço, saindo no meio da tarde para voltar ao hotel. Filomena não queria deixá-lo ir embora. Queria o filho morando em sua casa, junto deles. Ele explicou que havia se hospedado em um hotel e gostaria de ficar assim por um tempo. Com muita relutância ela acabou concordando, não sem antes repetir várias vezes que o quarto dele estava arrumado e seria muito bem-vindo em sua casa. Danilo voltou para o hotel e ficou descansando até o anoitecer.

Não conseguia tirar da mente a cena do casal de namorados na praça. Queria tudo como era antes. Ele, amigo de Valentim e Patrícia aceitando ser sua namorada. Agora, seu amigo tinha nos braços a menina que ele desejava. Como a vida era cruel, pensava. Todos os seus sonhos descendo ladeira abaixo e ele sem poder fazer nada. Teve vontade que algo acontecesse para separar aqueles dois; a vida poderia dar uma nova chance para ele se explicar para Patrícia.

Levantou-se logo após as 19 horas, tomou um banho e dirigiu-se para a igreja de seu mestre. Quem sabe ele teria alguma orientação para acalmar seu coração. Depois do culto, o mestre o chamou na sala de audiências, e perguntou:

– O que se passa em sua cabeça, meu filho? Parece muito angustiado. Estamos felizes com sua volta.

Estava com muita vontade de desabafar, entretanto, não teve coragem de falar sobre os colegas.

– Nada, mestre. O de sempre! Quero ver se arrumo um lugar para trabalhar. Preciso colocar minha vida em ordem – respondeu.

– Lute pelo que você quer meu filho. A persistência e o foco farão você conseguir. Você não pode abrir mão do que lhe pertence. O mundo é muito cruel e precisamos nos adaptar. Todos os dias, um obstáculo aparecerá em nossa frente e você precisa ser forte o bastante para contorná-lo e seguir em frente – falou o mestre enquanto colocava as mãos em sua cabeça.

Como ele podia estar falando aquilo. Parecia ter lido seus pensamentos. Ele estava atormentado com a ideia de perder Patrícia e o mestre dizia para não desistir de lutar pelo que ele queria. Mas lutar como? Não tinha nada para fazer. Notara como ela olhava para

Valentim. Dava para ver o quanto estava apaixonada. Restava para ele se conformar com a situação e seguir em frente. O mestre voltou a falar:

— Você desiste muito fácil, Danilo. Saiba que para tudo tem uma solução. Às vezes, o que nos pertence são carregados por outra pessoa. Nesta hora precisamos ser fortes e encontrar os meios necessários para conquistá-las novamente. É o nosso destino — disse o mestre.

— Mestre, eu entendo suas palavras, entretanto, tudo é muito mais complicado. Às vezes não adianta apenas querer — disse.

— Você vive em uma grande batalha interna, meu filho. Mas tudo se resolverá. Você vai encontrar uma saída. Acredite no que lhe ensinei — repetiu.

— Obrigado, mestre!

Seguiu para o hotel pensando nas palavras do mestre. Não acreditava ter a chance de reconquistar o amor de Patrícia. Aliás, de que amor ele estava falando? Ela nunca fora sua, nem mesmo namorada. Ele sentia por ela uma paixão platônica, desenvolvida por um longo tempo de solidão no reformatório. Nada que alguém houvesse tirado dele. Ademais, ela nunca prometera namorá-lo, e todo esse sentimento era tão somente da parte dele. Precisava se acostumar com isso e seguir em frente. Nada podia ser diferente.

Danilo arranjou emprego como frentista no posto de combustível. Seu amigo tinha sido promovido a gerente e lhe ofereceu a oportunidade. Começou a trabalhar e logo se destacou entre os atendentes. Era ágil, atencioso, e isso agradava os clientes. Depois de um mês, alugou uma quitinete perto do trabalho, para facilitar sua vida. Aos domingos, almoçava com sua mãe e nos dias de folga, aproveitava para passear pelas redondezas. Gostava de andar pelo mato, descansar na sombra das árvores e caçar animais silvestres. Frequentava a igreja todas as sextas-feiras e sempre confabulava com seu mestre.

Miqueias continuava dizendo que o mundo estava perdido, que tudo acontecia por causa das pessoas e uma hora tudo iria mudar. Às vezes as pregações não faziam sentido para Danilo, mas ele acreditava naquilo que o mestre dizia.

Com o tempo, percebeu que as pessoas pareciam ter esquecido o acidente ocorrido na juventude, pois ele não sentia discriminação e ninguém falava mais no assunto. Continuava pensando em Patrícia, mesmo sabendo que ela amava Valentim. Quando se encontravam, ele não demonstrava esse sentimento, mas ela percebia algo errado com ele. Uma vez comentou com o namorado, mas ele disse para esquecer, pois Danilo era assim mesmo, esquisito desde menino.

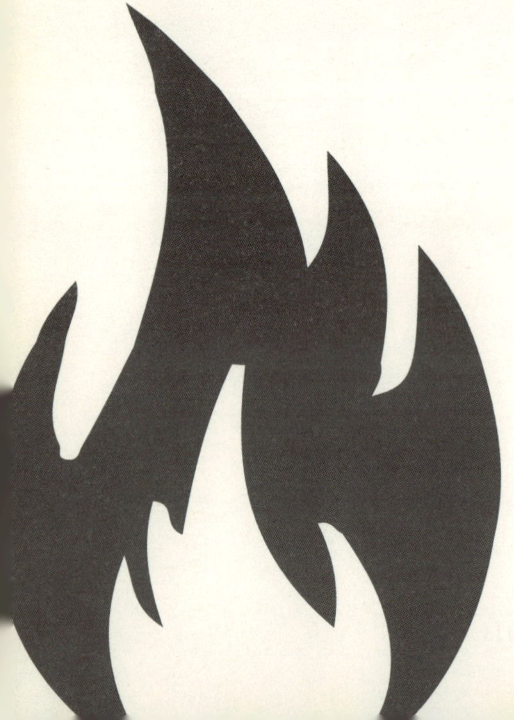

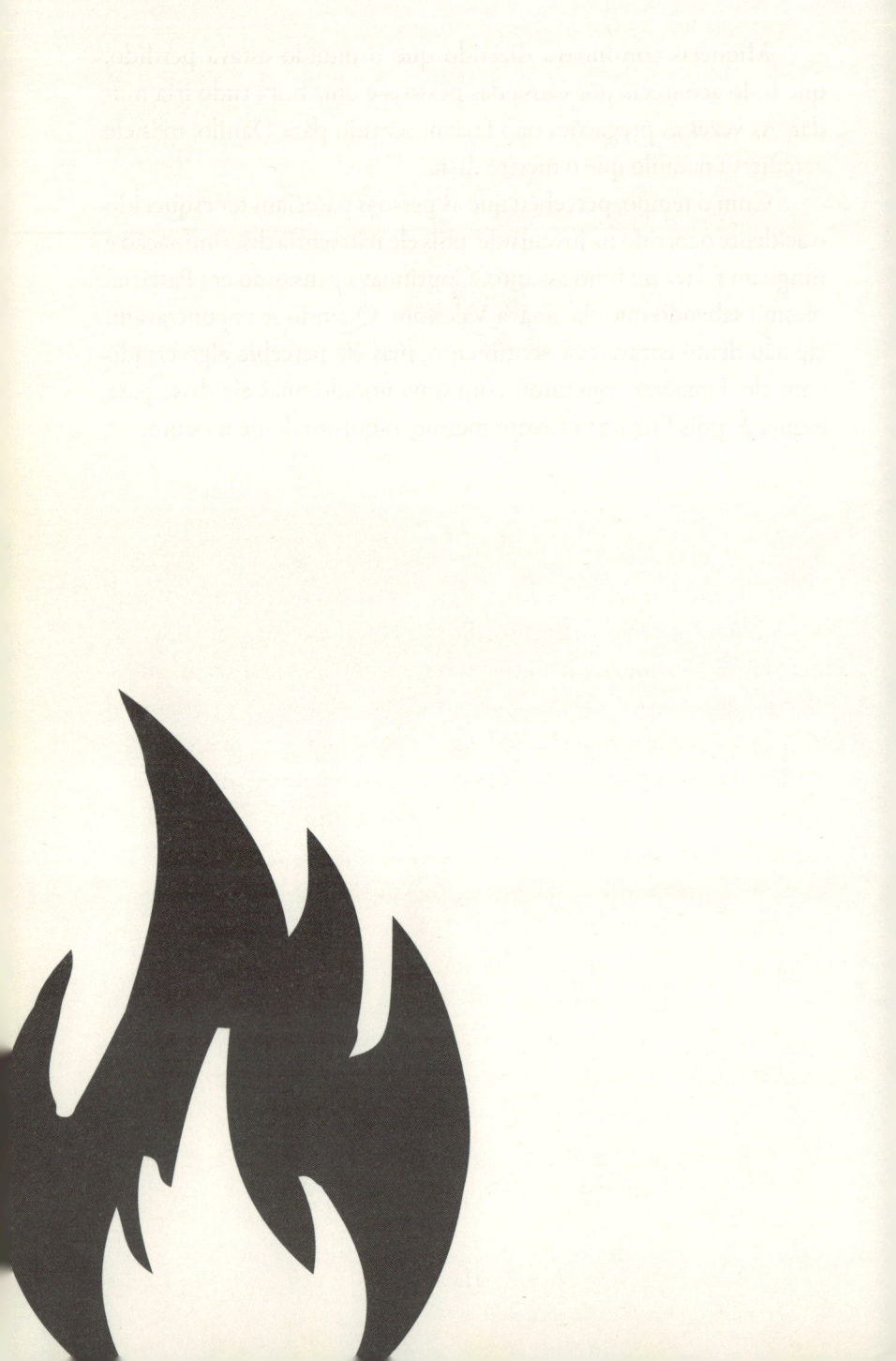

CAPÍTULO XVII

Valentim se dedicava por inteiro em seu trabalho para a prefeitura. Ele saía de manhã, antes das 5 horas, encerrando o turno às 15 horas, quando deixava o último aluno em casa. Isso não o impedia de desempenhar outras tarefas, principalmente ajudando seu pai na oficina. Era uma jornada árdua, mas ele encarava com alegria, pois estava construindo um futuro para ele e sua querida Patrícia. Já tinham comprado uma casa e pagavam o financiamento em prestações mensais. O casamento estava marcado para acontecer na próxima primavera, dali a oito meses. Patrícia não cabia em si de contente, e com a data se aproximando, cuidava para que tudo saísse da melhor forma possível. Sua avó ajudava em tudo, realizando o sonho da neta criada com tanto cuidado.

Com o passar dos meses, Danilo e Valentim retomaram a antiga amizade que os unia desde a infância. Agora crescidos, o relacionamento era diferente, com novas responsabilidades. Mas aquele sentimento de confiança e cumplicidade renascera entre eles. Quase sempre saíam juntos. Mesmo quando Patrícia não podia, os dois se encontravam para beber e conversar. Valentim incentivava o amigo a arranjar uma namorada, mas ele dizia que ainda era cedo. Conversavam em um bar, quando Valentim disse:

— Dan, como está o emprego lá no posto de combustível?

— Está tudo bem, mas o horário é de doer. Começo às 22 horas e vou até às 6 horas. Não durmo e nem fico acordado direito — disse, sorrindo.

— Você podia trabalhar com meu pai na oficina. O horário é comercial e você não vai se cansar tanto. Com a minha saída, ele está precisando de um ajudante. Você vai ganhar o mesmo que está recebendo no posto, talvez mais, se receber comissão — disse Valentim.

— Mas eu não sou especialista em mecânica. Sei muito pouco desse trabalho — respondeu Danilo.

— Ora, mas não tem nada muito difícil. Você é habilidoso e aprende fácil. É montar e desmontar. Com meu pai por perto não tem segredo — explicou.

— Se você acha que consigo, estou dentro. Só de trabalhar no horário comercial já é um ganho para mim — concordou.

— Vou falar com meu pai e amanhã te dou um retorno. Tenho certeza que vai dar tudo certo — disse Valentim.

— Ok. Fico no aguardo. Vai ser bem legal — finalizou.

Danilo começou a trabalhar na oficina e logo aprendeu a montar e desmontar os motores, peças de suspensão, tornando-se um dedicado mecânico. Ele se dava bem com o pai de Valentim, sempre solícito para atender as demandas da oficina e dos clientes. Às vezes, Patrícia aparecia, quase sempre na hora de Valentim chegar, então ele puxava conversa com ela. Queria saber dos planos deles, quando seria o casamento; ela explicava sem muita paciência: estavam arranjando tudo para se casarem no segundo semestre.

Quando Valentim chegava, abraçava Patrícia, beijando-a nos lábios e abraçando-a com carinho. Nestes momentos, Danilo se afastava. Ia cuidar de algum motor ou suspensão. O chamego dos amigos o incomodava. No começo, ele ficava com ciúmes, mas com o passar do tempo, já não suportava vê-los juntos. Cada vez que eles trocavam um beijo ou um abraço, era como se fossem flechadas atravessando seu coração. Tentou lutar contra esse sentimento, mas nada adiantou. Sentia ciúmes de Patrícia, como se ela o houvesse traído. Valentim já notara essa mudança de comportamento dele, mas nunca imaginou que o motivo seria a presença de Patrícia.

Imaginava que esses arroubos de inflexão eram da natureza de Danilo. Ele sempre fora assim. Às vezes alegre e descontraído, em outros momentos calado e introspectivo. Valentim convivia com esse temperamento desde sempre, por isso achava tudo normal. Queria dividir com o amigo a sua felicidade, a realização de seus sonhos. Nunca poderia supor que da parte dele, houvesse uma carga tão negativa. Esse ciúme doentio, essa inveja tão grande, a ponto de deixar sua namorada incomodada. Estavam fazendo um lanche, quando ela abordou o assunto.

— Amor, fico incomodada com o Danilo. Quando você não está por perto ele me aborda, perguntando quando vamos nos casar, se vamos ter filho logo. Umas conversas sem pé nem cabeça. Acho que ele está meio descompassado — afirmou.

— Não se preocupe com ele, querida. O Danilo é assim mesmo. Sempre foi esquisito. Deve estar preocupado com nosso casamento; ficar sem nossa companhia — respondeu Valentim.

— Val, não é apenas isso. Quando você se aproxima e me abraça, ele desvia os olhos. Logo se afasta, com cara de emburrado. Não consigo entender o que se passa com ele. Se fosse outra pessoa, diria estar com ciúmes — disse Patrícia.

— Ciúmes? Isso não é coisa para o Danilo. Ele vive se agarrando com a moça que frequenta o bar e diz que nem quer uma namorada firme. Deve ser impressão sua, amor. Ele não tem por que sentir ciúmes de nós. Somos amigos dele e o tratamos bem. Não ligue para isso — afirmou.

— Eu não vou mais dar bola para isso, mas que me incomoda, você pode ter certeza – arrematou.

— Deixa o Danilo pra lá. Vamos comer um sanduiche e combinar para mais tarde uma sessão de namoro só nós dois. Sem essas companhias chatas. Pode ser? – perguntou.

— Claro! estou morrendo de saudades de ficar com você. Está trabalhando demais e nem tem tempo para mim – reclamou ela com um sorriso maroto.

Discutiram sobre as adaptações na casa, os móveis e as flores a serem plantadas no jardim. Patrícia contou estar pesarosa de deixar sua avó; sentiria muita saudade da velhinha, e gostaria de poder retribuir todo o amor recebido dela. Valentim a ouvia, tendo a certeza de ter escolhido a mulher certa para fazer parte de sua vida.

— Você é maravilhosa, querida. Com tantas tarefas para fazer, ainda fica preocupada com sua avó. Ela está bem e vai ficar feliz também. É desejo dela você realizar os seus sonhos.

— Eu sei. Ela vai ficar feliz, querido. Mas é diferente, pois estivemos sempre juntas e agora vou ter a minha casa. Ela vai se sentir solitária. Isso me preocupa. Nunca ficamos separadas – disse.

— Eu entendo a sua preocupação, mas você pode visitá-la todos os dias. E quando viajar, liga sempre que puder.

— Você tem razão, amor. Ela está bem de saúde e vou estar sempre por perto. Posso passar na casa dela na volta do trabalho, ver se ela precisa de algo – concordou Patrícia.

Saíram à noite e foram assistir a um filme. Depois do cinema, buscaram um lugar sossegado, onde puderam trocar juras de amor e se entregarem completamente. Estavam apaixonados, queriam construir uma vida juntos, e nada poderia impedir isso.

Danilo saiu da oficina no final do expediente e um martelo socava sua cabeça seguidamente. Entrou em um bar perto de sua moradia e pediu uma cerveja. Nunca tivera muitos amigos e, desde a sua volta, suas companhias eram Valentim e Patrícia e esporadicamente, seu mestre. Uma moça que frequentava o bar à espera de companhia pediu licença e se sentou. Danilo já saíra com ela diversas vezes para extravasar seus instintos. Era bonita, educada, mas parecia ter dez anos a mais do que a idade real. Com certeza a noite e o estilo de vida cobravam seu preço.

– Que dia vamos sair novamente, bonitão? Estou com saudades de você! – disse a moça.

– Qualquer dia a gente combina – respondeu seco.

– Paga uma bebida para mim?

Danilo fez sinal para o garçom e pediu um Campari. Era a bebida preferida dela. Quando estava na metade da cerveja, Miqueias chegou e puxou uma cadeira. A moça se levantou e foi tentar arrumar um freguês para sua noitada. Seguramente Danilo não seria uma companhia nessa noite. Miqueias se sentou e chamou o atendente.

Ele gostava de beber, porém sua preferência era por bebidas destiladas, especificamente vodca. Durante as pregações ele tinha um cálice ao alcance das mãos. Os frequentadores imaginavam que ele bebia água para molhar a garganta, mas Danilo sabia se tratar de vodca. Pediu uma dose da bebida e quando o garçom a serviu, ele levantou a mão e tocou no copo do amigo, brindando.

– Muita saúde, prosperidade e firmeza de propósito. Para que você nunca desgarre do seu caminho – disse, como se pregasse.

– Obrigado, mestre – respondeu.

– Tenho notado uma angústia constante em seu semblante. Algo muito grave te incomoda. Quer se abrir comigo? – perguntou.

– Não é nada demais, mestre. São as mesmas inquietudes da minha cabeça. Preciso jogar isso pra fora – respondeu.

— É importante você desabafar. Os amigos servem para essas horas. Precisamos estar juntos, na alegria e na tristeza, apoiando uns aos outros – afirmou o mestre.

Danilo ficou pensativo. Olhava para o copo de cerveja e pensava no que fazer. Seria uma boa contar para o mestre suas dúvidas? O ciúme doentio pela amiga de infância, a inveja sem tamanho do seu melhor amigo? Talvez o mestre o repreendesse, achando-o muito egoísta, mas quem sabe poderia ajudá-lo a esquecer. Levantou os olhos, fitando o mestre. Sentia confiança nele e desabafou:

— Mestre, não consigo tirar a noiva do meu melhor amigo do pensamento. Tenho a impressão de estar no centro de um furacão. Não consigo aceitar a felicidade deles. Sempre que os vejo juntos, dá vontade de acabar com tudo. Já pensei em matá-lo para ela ficar comigo. Outras vezes, penso que gostaria de enforcá-la para ela não beijá-lo mais – ele falava como se estivesse em transe.

O mestre olhou para ele sem demonstrar espanto. Ouvia-o em silêncio. Quando ele terminou, aparteou:

— O que se passa em sua mente é normal, meu filho. São os reflexos do seu coração. Não podemos ser egoístas a ponto de prejudicar os amigos e a nós mesmos. Lute pelo que você quer. Ao não lutar, você está deixando o egoísmo te consumir. Se você gosta dessa menina, lute por ela. Mas se ela não quiser, tente esquecê-la. Ela está indo por outro caminho porque você deixou. Tente trazê-la de volta para o lugar que você acredita ser dela, mas somente se ela permitir – disse o mestre.

— Mas como fazer isso mestre? Ela gosta dele, o ama, eu tenho certeza – disse Danilo, em desespero.

— O que é o amor senão a convivência diária e constante, o cuidado e a compaixão? Você não estava presente e o outro se aproximou. Ela encontrou quem lhe deu abrigo sentimental em sua ausência. É normal ela estar envolvida. Se você for forte e remover o obstáculo, ela voltará a te amar – disse.

O mestre virou o resto da bebida, levantou-se e desapareceu na rua. Danilo ficou pensando em tudo o que ele dissera e sua mente fervilhou ainda mais. Qual a intenção dele ao dizer "remover o obstáculo?" Era isso mesmo que ele estava imaginando agora? Tirar Valentim do caminho, dando a oportunidade de Patrícia ficar sozinha de novo e aceitar sua companhia? Isso seria muito cruel. E quem teria a certeza de que ela voltaria a se interessar por ele? Não conseguia chegar a nenhuma conclusão. Caminhou por um longo tempo e depois foi para casa dormir. Nessa noite, muitos pensamentos passaram por sua cabeça, e todos o levavam a escuridão total.

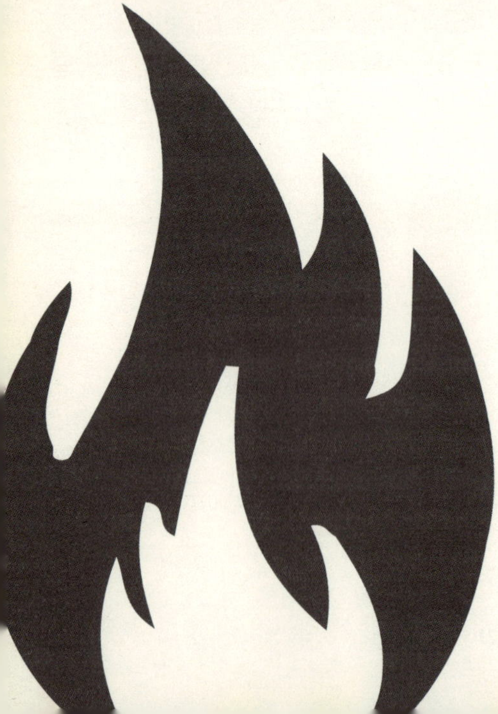

Capítulo XVIII

Patrícia sentia-se indisposta naquela quinta-feira de manhã. Não conseguiu se levantar no horário de sempre e avisou que não iria trabalhar. Falou com sua avó da indisposição, ela a aconselhou telefonar para o consultório médico e marcar uma consulta. Conseguiu um encaixe na agenda do médico e seguiu para a clínica. Telefonaria mais tarde para Valentim, informando-o que não fora trabalhar. Chegou ao consultório por volta das 10 horas e depois de uma hora de espera, foi atendida. O médico a examinou, fez algumas avaliações e pediu uma bateria de exames.

– Doutor qual foi o resultado dos exames? O senhor pode me dizer? Estou indisposta a vários dias e hoje nem consegui sair da cama para ir trabalhar – explicou.

– Não notei nada de grave. Sua pressão está um pouco alterada, mas não é nada que precise se preocupar. Vamos fazer alguns exames complementares para tirar umas dúvidas, mas acho que você deve se preparar para ser mãe – disse o médico.

Patrícia ficou perplexa com a afirmação do médico. Nunca imaginara um diagnóstico desses. Tomava todos os cuidados para não engravidar antes do casamento, mas com certeza em algum momento tinha vacilado. Ela e Valentim conversavam sobre filhos, mas queriam fazer tudo da forma tradicional. Casar como manda o figurino, montar a casa, curtir um tempo a vida a dois, e depois encomendar um rebento, para alegrar a casa e completar o amor deles.

O casamento ainda demoraria seis meses para acontecer, conforme a data escolhida. Precisavam encontrar uma forma de amenizar o choque que sua avó sentiria e o falatório da cidade. Com essa parte dos comentários, ela nem estava muito preocupada, mas com a família seria um estresse inimaginável. Saiu do consultório pensando em como falar com Valentim. Tinha motivos para acreditar que ele ficaria feliz, mesmo não sendo da forma programada.

No final da tarde, ele telefonou e marcaram de sair para caminhar. Valentim notou algo diferente e perguntou:

— Amor, está acontecendo algum problema? Se te conheço, hoje você não está legal – disse.

— Você tem razão, querido. Não fui trabalhar porque estava sentindo-me indisposta. Marquei uma consulta e fui ao médico – respondeu.

— Alguma notícia grave? Precisou fazer exames? O que o médico falou? – disse, enchendo-a de perguntas.

— A princípio está tudo bem, meu amor. Nada para se preocupar – respondeu, evasiva.

— A princípio? Não entendi direito. E qual a parte "diferente" que está no final da história? – perguntou, fazendo graça.

— Val, você sabe: eu não queria! Mas acho que vacilamos e agora eu estou grávida! – disse, emocionada.

Ele ficou pensativo por alguns segundos. Parecia não acreditar. Depois, olhando para ela disse:

— Meu amor, se aconteceu é porque estava escrito. Vamos cuidar para tudo se resolver da melhor forma possível. Estamos juntos para esse desafio – afirmou.

— Obrigada Val, eu tinha certeza que você ficaria feliz. E seus pais, minha avó, os amigos. Como eles vão encarar isso? – perguntou apreensiva.

— Ora, amor, eles vão falar o quê? Não temos explicações a dar para desconhecidos. Precisamos nos entender com a nossa família e tudo bem. Isso é supernatural hoje em dia. Nós nos amamos e nada vai mudar – afirmou.

— Como você é lindo. Suas palavras me acalmam. Estava tão apreensiva com isso tudo. Tive medo da sua reação! Não sei como falar com a minha avó – confessou.

— Eu só poderia reagir de uma forma. Apoiando você. Aliás, se aconteceu isso é porque nós fizemos juntos. Então vamos assumir juntos – respondeu.

Patrícia ficou muito mais relaxada. No final da caminhada, Valentim a deixou em casa. Enquanto tomava banho, pensava como iria falar com sua avó. Com certeza ela a repreenderia, mas no fundo daria todo apoio necessário. Principalmente quando ela dissesse que Val estava tranquilo e aceitara o fato da gravidez naturalmente. Ficou imaginando entrar na igreja com um barrigão de seis meses. Seria muito estranho. Talvez convencesse Valentim a se casarem apenas no civil. Quem sabe evitariam esse vexame. Mas ela sabia que a mãe dele não concordaria. Era muito arraigada às tradições e fazia questão do casamento religioso.

Decidiu falar com sua avó outro dia. A gravidez estava no início e não chamaria atenção por algum tempo. Quando sentisse um clima favorável, elas teriam uma conversa sobre o assunto. Tinha absoluta certeza do amor da velhinha, sempre fazendo tudo de forma que ela não sentisse a falta de sua mãe.

Esforçou-se a vida toda para minimizar essas carências, pois a menina crescera alegre e descontraída, irradiando alegria e vontade de viver por onde passava. Patrícia sabia de toda essa dedicação de sua avó para protegê-la, por isso não queria decepcioná-la. Ainda bem que tinha em seu noivo um companheiro de verdade.

Valentim ficou radiante com a notícia recebida naquela tarde. Não seria da forma imaginada, mas para ele estava tudo bem. Não tinha dúvidas do amor que sentiam um pelo outro, então a antecipação daquele sonho nada mudaria no resultado, formar uma família e viver a plenitude da vida junto com sua amada. Após o turno de trabalho, guardou o carro na oficina e chamou Danilo para tomar uma cerveja. Sentaram-se no bar e o amigo notou que ele estava radiante. Bateu em seu ombro e disse:

– Qual é a notícia maravilhosa? Tomar cerveja no meio da semana e com essa cara de felicidade? Ganhou na loteria, amigo? – perguntou Danilo.

– Cara, você não vai acreditar. Vamos ser pais. A Patrícia está grávida – disse Valentim, com um sorriso estampado na face.

Danilo ficou pálido. Esperava qualquer notícia, menos aquela. A cada dia ele ficava mais obcecado pela a ideia de melar o casamento de Valentim e Patrícia; em seus devaneios, deveria fazer alguma ação para impedi-los. Na sua mente, o namoro deles havia começado por causa de sua ausência e ela estava predestinada a ser sua esposa, não de Valentim. Agora, a informação do amigo lhe pegara totalmente de surpresa. Valentim notou como ele ficou espantado, e sem saber o motivo, brincou:

– Ei rapaz, parece que o pai da criança é você. Está pálido e não diz nada – disse brincando.

Danilo olhou para ele sobressaltado. Não podia demonstrar o sentimento de revolta aflorando em seu interior.

– Desculpe amigo. Foi uma surpresa tão grande! Fiquei sem saber o que dizer. Parabéns pra vocês! É uma notícia maravilhosa – disse, sem muita convicção.

Valentim estava tão emocionado que nem notou a tristeza emanada pela voz de seu amigo. Para ele, tudo era alegria naquele momento. Após algum tempo, se despediram e ele foi encontrar com a namorada. Danilo permaneceu ali por mais algum tempo. Não compreendia o que estava acontecendo com ele. Por mais esforço que fizesse, não aceitava a felicidade do casal de amigos. Em seu interior, sentia-se traído pelos dois. Como podiam estar tão felizes sem pensar no sofrimento que essa felicidade causava a ele? Como podiam ser tão egoístas, a ponto de não enxergar que seria ele quem deveria estar curtindo esse momento?

Mais tarde, encontrou-se com o mestre e desabafou. Já não tinham mais segredos. A conversa entre eles era franca e direta. Disse que não conseguia aceitar a felicidade dos dois, e isso o estava matando por dentro. O mestre o aconselhava a lutar por aquilo que ele queria, mas ele percebia o quanto isso estava ficando cada vez mais longe, de que ele deveria se conformar e seguir em frente.

– Não posso aceitar a felicidade deles, mestre. Estou obcecado com a ideia deles se casarem e minhas chances acabarem. Não sei mais como posso conviver com isso. Penso em ir embora dessa cidade, senão acabo fazendo uma besteira.

– Você não deve fazer besteira, filho. Deve sim, lutar por aquilo que você quer... Se você não lutar, você deixará outro levar o que lhe pertence – dizia.

– Mas o que posso fazer mestre? Eles são meus amigos, não consigo me imaginar fazendo mal a eles, mesmo com essas ideias martelando minha cabeça o tempo todo – retrucou.

– Então você se conforme com a felicidade deles e não falamos mais nisso. Se você quer conquistar essa moça, deve lutar por ela, mas pelo que vejo, você não tem chance. Eles se gostam e vão se casar. Procure outra garota, se interesse por uma outra pessoa. Existem muitas formas de esquecer uma paixão, e uma delas é se interessar por outra pessoa. Muitas vezes, não enxergamos porque simplesmente não queremos ver – disse o mestre.

— Isso eu não consigo. Fico em brasas por dentro quando os vejo felizes e apaixonados. Dá uma vontade louca de matá-los, ou então tirar o Valentim do meu caminho – confessou Danilo.

— Se matar os dois, você continuará infeliz da mesma forma, pois não a terá de forma alguma. Se você o tirar do caminho, quem pode afirmar que ela vai querer você? É certo que ela não vai aceitar ficar com a pessoa que lhe tirou a oportunidade de ser feliz. Pense bem no que você quer fazer. Às vezes, o sentimento que nos move é aquele mesmo que vai nos matar – explicou o mestre.

— Ele é meu amigo. Não posso fazer isso com ele. Também não sei se ela vai me querer um dia. Estou ficando louco. Não sei mais o que fazer, nem pensar.

— O tempo é o senhor da razão, meu filho. Tenha calma e procure raciocinar no melhor para você. Seus amigos estão felizes e você está infeliz. Isso é muito egoísmo e vai fazer mal para você. Se ela estivesse sozinha e desamparada, com um filho para cuidar, precisaria de proteção, mas ela tem seu marido a lhe dar apoio. Então, você deve esquecer e buscar outra pessoa a quem se dedicar.

Danilo não aceitava as palavras do mestre. Sabia que ele estava certo. Era muito cruel de sua parte não aceitar a felicidade de pessoas tão queridas. O mestre o aconselhava a esquecer e seguir em frente. Valentim era o amigo com quem crescera e depois de adulto o acolhera com tanto carinho. Dera-lhe emprego na oficina do seu pai e dividia com ele seus sentimentos mais íntimos. Como podia ser tão abjeto ao ponto de não aceitar a felicidade de um amigo tão fiel? Como poderia estar tramando de forma tão ignóbil separá-lo da mulher amada? Isso não podia estar acontecendo. Deveria ser um pesadelo. Seguiu para casa envolto em conjecturas e quando dormiu, sonhou estar caminhando ao lado de Patrícia, feliz e realizado.

Patrícia conversou com sua avó e a reação dela foi tranquila e acolhedora. Entendeu o acontecido, dizendo para a neta não se martirizar com isso. Ainda bem que ela contava com o apoio do namorado e não ficaria desamparada. Quantas garotas desprezavam os cuidados com a concepção, ficavam grávidas e abandonadas, tendo de mudar suas vidas radicalmente. Umas optavam por abortos mal feitos, correndo risco de morte, outras amadureciam antes do tempo e acabavam assumindo a criação dos filhos. Ainda bem que Patrícia iria se casar logo. Esse seria apenas um contratempo passageiro e contornável no plano original.

Quando Valentim contou aos seus pais, foi quase uma tragédia. Sua mãe chorou, parecendo que ao invés de ganhar um neto, tinha perdido alguém muito querido. Suas preocupações estavam no julgamento das pessoas. O que iriam falar vendo uma noiva grávida entrando na igreja? O pai de Valentim ponderou que eles deveriam ter tomado cuidado, porém se havia acontecido, o melhor a fazer era seguir em frente. Nada era tão grave como a esposa estava achando.

Passado o choque da notícia, sua mãe foi se acostumando e falava com naturalidade sobre a chegada do neto. No fundo, ela queria muito esse novo rebento que chegaria à família.

Barros conversou com ela até c eu puxei dela e a enrolei e a enfaixei. Enquanto o senhor não chegou, para a pele não se ressecar e romper. Ainda bem que ela chorou sem o que era de machucada, brigava, chorou pedindo. Quando parou, deprimiram os cuidados com a conteceram, deram-lhe todas a faixa andava, tendo de muitas apagadas, ligeiramente. Como eu queria que sofresse na frente comigo dela a demora, certa, mas não estão antes do tipos e acabaram destruindo o sobre dos filhos. Ainda bem que Barros foi se casar logo. Esse senhor apenas tirou o tempo que preocupado e conservasse na pessoa original.

Dos tais de conversamos, novo que nós, o a interessado à sua mão devolvo, pois cor do que estava. Ali o gosto ser uma unha partia a alga a quarto que tinha uma pena quer era, envoar, no alqueiano da pessoa. O que tinha falará sendo uma nova atividade atrapalhavam a pelas? Luz pé de Valentim ponderou que eles deveriam ter e muito caido, o perdão se havia acontecido, o melhor a fazer era seguir em frente. Não era rio passa como o nosso estava acabando.

Passado o choque da notícia, mas me foi se acostumando, falava com tranquilidade sobre a chegada do neto. No final das idéias muito, não viviam nem tão chegar à família.

CAPÍTULO XIX

O casamento ocorreu conforme o planejado. Patrícia estava com vinte semanas de gravidez, mas como era alta e esbelta, a barriga desapareceu debaixo do vestido. Somente as pessoas mais próximas sabiam que ela estava esperando um bebê. Depois da cerimônia religiosa, participaram de uma festa oferecida pelos pais de Valentim e no outro dia, viajaram para Salvador. Ficaram uma semana na praia. Quando voltaram, se mudaram para a casa que haviam comprado e a vida seguia tranquila e feliz. Tudo conforme tinham sonhado. Ela trabalhava, visitava sua avó e cuidava para o esposo ter tranquilidade quando retornava do trabalho. Três meses após o casamento nasceu Gustavo, um garoto forte e saudável, enchendo de alegria a casa e a vida de toda a família.

Danilo sofria cada vez mais com a felicidade do casal de amigos. Ele fora convidado para ser padrinho de casamento e relutara em aceitar. Alegara não ter roupa adequada, mas depois de muita insistência do amigo, concordou e fez-se presente, mesmo a contragosto. No fundo, não queria testemunhar a concretização dos sonhos deles, pois não concordava em ser coadjuvante na história. Continuava imaginando-se no lugar de Valentim. Achava que ele deveria estar naquele altar, recebendo-a como prêmio pelo seu merecimento.

Valentim o convidou várias vezes para visitá-los em casa, e ele sempre recusava, dando uma desculpa para não comparecer. Não se sentia bem junto ao casal. Observava o crescimento de Gustavo e a afinidade deles com o garoto. A sensação de fúria ficava cada vez mais latente. Nas conversas com o mestre, ele admitia ter sido fraco, não tomando uma atitude firme quando voltara para Caetité e deixara concretizar essa união. O mestre concordava que ele deveria ter lutado, mas agora deveria se conformar com a situação.

Danilo relutava em aceitar esses conselhos. No fundo de sua alma, uma névoa escura sombreava seus pensamentos. Ele não conseguia aceitar vê-los tão felizes. Em sua mente, Valentim usurpava um direito que ele imaginava ser seu. Via-se na iminência de fazer uma besteira. Lembrou-se das palavras que o mestre dissera um dia, enquanto conversavam. "Se ela estivesse sozinha e desamparada, com um filho para cuidar, precisaria de proteção. Mas ela tem o marido para dar-lhe apoio e cuidar deles."

Valentim chegou à oficina após entregar o último aluno do turno. Beirava as 16 horas quando ele estacionou a van. Enquanto limpava os bancos, tirando os restos de comida deixados pelos meninos, o telefone tocou. Olhou para a tela e apareceu a foto de Patrícia junto com Gustavo.

– *Alô, que bom você ter me ligado amor. Estava morrendo de saudades* – atendeu, sorridente.

– *Oi Val, chegou bem do trabalho? Já estamos atrasados para a festinha da minha amiga* – disse.

Valentim levou um susto. Tinha esquecido totalmente da festinha de aniversário. O filho de uma colega de trabalho de Patrícia estava completando um ano e eles prometeram comparecer.

– *Desculpe amor, realmente tinha me esquecido. Chegarei em alguns minutos* – afirmou.

Levantou a cabeça e gritou, chamando Danilo. Ele interrompeu o conserto que estava fazendo no motor de um carro e se aproximou. Valentim dirigiu-se a ele, dizendo:

— Dan, tudo bem? Preciso de um favor seu. Prometi acompanhar Patrícia numa festinha de criança e não posso faltar ao compromisso. Eu preciso fazer uma revisão nos freios da Sprinter e como não vou ter tempo, gostaria que você fizesse isso para mim. Parece um vazamento, o freio está muito baixo. Quando terminar, você completa o óleo. Amanhã vou sair bem cedo e não dá tempo de resolver isso — disse ele, explicando ao amigo.

— Pode deixar, eu faço a revisão para você. Amanhã tudo estará pronto — respondeu Danilo.

— Muito obrigado, Dan. Não sei como te retribuir. A chave está na ignição — disse, batendo as mãos nas costas do amigo.

— Não precisa agradecer. Estou apenas fazendo o meu trabalho — respondeu.

Valentim pegou o carro do seu pai na oficina e saiu em disparada. Precisava se apressar para não contrariar Patrícia. Conseguiram chegar a tempo de cantar os parabéns e tudo ficou tranquilo. Depois da festinha, voltaram para a casa, e foram curtir o filhinho. Aos oito meses, era uma alegria sem tamanho. Muito esperto, ele engatinhava por todos os cantos da casa. Adorava se lambuzar com as colheradas de sopa quando a mãe o deixava tomar sozinho.

Danilo levou a van para uma baia apropriada dentro da oficina e colocou o macaco hidráulico em posição, para levantá-la. Notou que o cano auxiliar do equipamento de freio tinha um pequeno furo, provocando o vazamento. Se não fosse trocado, poderia com o tempo deixar escapar todo o óleo do recipiente e com isso, provocar a perda total da capacidade de frear. Em um veículo pesado como aquele, o defeito tinha o potencial para provocar uma tragédia. Ainda mais na rota usada por Valentim. Uma estrada sem asfalto, com muitas subidas e descidas, exigia o trabalho constante do sistema de freios.

Danilo retirou a peça defeituosa e por um longo tempo ficou observando o furo em sua estrutura. Deveria ter sido a pancada de uma pedra batendo com força e abrindo aquele pequeno orifício no cano. Se alargasse mais um pouco, o óleo vazaria com mais rapidez, e estaria desenhada a catástrofe.

Se isso viesse a acontecer, Valentim poderia morrer no acidente. Dessa forma ele poderia estar ao lado de Patrícia, amparando-a em sua perda, e assim, teria a oportunidade de fazê-la gostar dele. Um pensamento macabro passou por sua mente. Bateu com a peça na lateral do carro e tentou afastar esses devaneios. Não podia admitir essa possibilidade. E se as crianças estivessem no carro? E se Valentim não morresse, descobrindo que a peça defeituosa não fora trocada?

Pegou um martelo, desempenou a peça e aplicou uma solda no local danificado. O certo seria trocar por uma nova, mas ele preferiu fazer o conserto. Poderia durar algum tempo, e depois, quando danificasse novamente, ele trocaria. Quem sabe poderia se romper de alguma forma, provocando a tragédia que ele imaginava. No fundo da alma ele não queria que isso acontecesse, mas a sua mente o empurrava para deixar essa porta aberta: tirar o amigo, ou inimigo do caminho. Aquela solda não era a garantia de resolver o problema. Dependeria do tempo de uso e das condições das estradas. Colocou tudo no lugar novamente, completou o óleo, deixando tudo de forma que somente alguém entendido de mecânica reconheceria aquele cano soldado de forma ineficaz. Foi para casa pensando na oportunidade que se apresentava para efetivar a ideia que martirizava sua cabeça. Livrar-se do obstáculo que imaginava existir.

Valentim veio procurá-lo e entregara a van para ele consertar. Danilo poderia deixar o cano aberto, mas logo o amigo notaria que o óleo estava baixo. Por isso, fizera a solda para interromper o vazamento. Entretanto, da forma como havia deixado, em três ou quatro dias o cano se romperia, deixando o veículo totalmente sem freios. Precisaria estar em uma velocidade alta, acima de 40 Km/h, em uma descida acentuada, para que algo acontecesse. Se estas condições se materializassem, ele perderia o controle da van, bateria de frente com outro carro, ou talvez caísse em alguma ribanceira. Em qualquer dos casos, o acidente poderia ser fatal. Pena se as crianças estivessem dentro do veículo. Mas ele não poderia prever o momento desse acontecimento e nem se preocupar com isso.

Valentim pegou o carro na manhã seguinte às 6 horas. Seguiu para a rota usual de todos os dias, pegando os alunos e deixando na escola. Depois do almoço, pegaria todos novamente, para devolver à casa dos pais. Quando encerrou o turno, parou na oficina e procurou Danilo. Queria agradecer o favor da tarde anterior:

– Olá Dan, não pude falar com você ontem, mas ficou excelente o freio do carro. Obrigado por ter cuidado do reparo para mim. Eu tinha que correr ao encontro de Patrícia e você me quebrou um galho danado – disse.

– Não fiz nada demais. Como lhe disse, essa é minha obrigação – respondeu.

– Vamos marcar para você conhecer minha casa. Almoçar com a gente em um final de semana – convidou Valentim.

– Está certo. Qualquer hora vou te visitar – respondeu, evasivo.

Danilo não estava à vontade com aquela conversa. Mais uma vez o ciúme do amigo o corroía por dentro. Ademais, agora que fizera um reparo mal feito na van, não queria estar muito perto. Manteria uma distância protocolar, pois afastar-se de vez, daria motivos para desconfiança.

CAPÍTULO XX

O ano letivo se encerrou em meados de julho, as crianças foram curtir as férias. Valentim se preparou para tirar uma semana com a família. Desde o casamento não tivera tempo de curtir um merecido descanso. Gustavo completaria um ano, já conseguindo dar os primeiros passos. Balbuciava "papá" e "mamã", brincava com o cachorrinho *poodle* que Patrícia criava há alguns anos. Quando puxava a orelha do animal ele soltava um grunhido e o garoto caía na risada. Combinaram de passar uma semana em uma pousada campestre para fugir da correria da cidade. Depois de uma semana descansando, eles voltaram para a cidade e retomaram a rotina diária.

No período das férias escolares, Valentim ajudava seu pai na oficina e seu contato com Danilo era quase diário. No fim da tarde, iam pescar nos rios frequentados na infância e muitas vezes ficavam até mais tarde conversando.

Depois desses passeios Danilo se atormentava. Ele mesmo não entendia como podia querer destruir a felicidade de alguém tão próximo, que o tratava com o mais fiel dos sentimentos. A amizade dedicada por Valentim era tudo que alguém poderia querer na vida. Muitas vezes sentia náuseas, tinha raiva de si mesmo, mas quando pensava em Patrícia, aquela revolta se materializava novamente. Seu coração palpitava e uma vontade louca de tirar o amigo do caminho dominava sua mente.

Desde que consertara o freio da van de Valentim ele esperava algo acontecer. Deixara a solda bastante frágil e não entendia como ele conseguira trabalhar por mais quatro meses e nada tinha acontecido. Por duas vezes, quando a van fora deixada na oficina ele checara o sistema de freio. A solda resistia bravamente e nada indicava um rompimento. Pensou em fazer um furo no cano novamente, mas isso daria margens a especulações. Ele queria que tudo se parecesse com um acidente. Patrícia jamais o perdoaria se ela imaginasse que ele havia tramado um sinistro para tirar a vida de Valentim. A polícia com certeza investigaria rigorosamente os detalhes, caso uma tragédia viesse a acontecer. Principalmente se tirasse vidas de crianças.

As aulas recomeçaram e o trabalho de transporte escolar voltou a ser feito normalmente. Valentim continuava a fazer o melhor possível para agradar seus pequenos passageiros. A despeito do conserto mal feito nos freios, o sistema estava funcionando perfeitamente. Isso fazia Danilo ficar bastante intrigado. Por que a solda não rompia se ele tinha feito uma vedação bastante frágil?

Valentim acordou antes das 6 horas. Chovera a noite toda e um friozinho entrava pela janela entreaberta. Beijou Patrícia no rosto e ela virou-se na cama. Retribuiu o carinho, com os olhos pesados de sono, abrindo um sorriso e dizendo bom dia. Ele se levantou, tomou banho e quando saiu do chuveiro ela já estava de pé. Vestiu um roupão e foi para a cozinha. Antes, passou no quarto de Gustavo e observou seu sono tranquilo. Quando Valentim apareceu o café estava na mesa.

Enquanto comia uma maçã, ele observava Patrícia fazer a mamadeira do filho e comentou:

– Meu amor, cada dia fico mais feliz em ter você em minha vida – disse, olhando-a carinhosamente.

Ela sorriu. Ofereceu-lhe uma xícara de café fumegante e respondeu:

— Eu também estou muito feliz, meu amor. Você é um marido perfeito e um pai maravilhoso.

— Hoje, após entregar os meninos, vou buscar o pessoal de uma igreja em Maniaçu. Eles vão participar de uma pregação na comunidade de Juazeiro. Devo chegar em casa depois das 21 horas – disse Valentim.

— Meu amor, cuidado com essas estradas. Ouvi no rádio que está chovendo e lá para as bandas de Juazeiro tem muitas pontes perigosas – aconselhou.

— Realmente as estradas estão muito ruins. Mas eu tomarei cuidado, amor. Pode ficar tranquila – respondeu.

Despediu-se da esposa, entrou na van e saiu para cumprir mais uma jornada de trabalho. Não voltaria para o jantar, por isso levava uns quitutes preparados por Patrícia para comer. Enquanto dirigia, divagou pelo tempo e recordou-se dos últimos anos de sua vida. Conseguira se casar com a mulher que sempre sonhara, trabalhava naquilo que gostava e agora tinha um filho para cuidar. Faria de tudo para ele crescer com saúde e felicidade. Assim como recebera de seus pais o amor e o ensinamento para a vida, ele queria transmitir o mesmo ao pequeno Gustavo.

Na primeira parada da rota ele percebeu o freio da van demorando a responder. Por certo o óleo deveria estar baixo. Não perguntou se Danilo tinha trocado o cano ou apenas feito o reparo. Verificaria isso depois para evitar o risco de acontecer um acidente. Com a algazarra dos garotos, cada um querendo falar mais alto, ele esqueceu o problema, concentrando-se no trajeto. A estrada era sinuosa, muitas subidas e descidas e, com a chuva, estava bem escorregadia. Precisava tomar muito cuidado para não derrapar.

O dia foi tranquilo com a garotada e logo depois das 15 horas, Valentim já estava a caminho de Maniaçu. As quinze pessoas que iriam para a celebração já aguardavam no local combinado. Quatro homens, oito mulheres e três crianças, beirando os 12 anos. Eles se acomodaram nas três fileiras de bancos e seguiram para Juazeiro. O trajeto relativamente curto demorou mais de uma hora para ser completado. A estrada era uma lástima. Carecia de sinalização, com acostamentos destruídos e buracos por toda parte. Mesmo assim eles chegaram ao destino sem contratempos. Após o evento, retornaram para Maniaçu, chegando à cidade por volta das 19 horas.

Valentim parou para tomar um lanche. Ainda teria sessenta quilômetros para rodar até Caetité, e esperava fazê-lo em uma hora. Logo mais estaria em casa e poderia descansar com sua família.

Danilo entrou na igreja e sentou-se em um banco no meio do salão. Estava angustiado e quando isso acontecia ele procurava a companhia do mestre. Como não era dia de culto e ele não avisara que iria, Miqueias não se encontrava.

Resolveu esperar e mergulhou em conjecturas. Já não conseguia disfarçar sua obsessão em acabar com a felicidade de seus antigos amigos. A presença de Valentim o incomodava e por isso ele pensara em deixar o trabalho na oficina. Não decidira sair porque estando ali conseguia saber o que se passava e de certo modo era uma oportunidade para encontrar uma forma de acelerar os acontecimentos. O mestre chegou e não se surpreendeu ao vê-lo sentado no banco.

— Boa noite Danilo, é bom ver você aqui. Aconteceu algum problema? Precisa de ajuda? – perguntou.

— Não vim buscar ajuda mestre. Estava angustiado e resolvi sentar aqui para me acalmar – respondeu.

— Não fique angustiado, meu filho. O soberano é poderoso e suas vontades estão para se realizar. Acredite e tenha fé.

— Como assim, mestre? Não entendo como o senhor pode afirmar isso. Nada vai acontecer com Valentim – disse Danilo.

Ele falou aquilo e levou um susto. O mestre não tinha falado nada do seu amigo. Disse apenas que as vontades iriam se realizar. Ele institivamente ligara a fala a uma fatalidade com Valentim. Como poderia estar tão obcecado pela ideia de algo acontecer para tirá-lo de seu caminho? E como poderia querer um episódio tão macabro? Nada garantia que se isso viesse a acontecer ele teria a aceitação de Patrícia. O mestre percebeu o seu incômodo, colocou a mão em sua cabeça, dizendo:

– Tenha paciência, meu filho. Não deseje o mal para o seu amigo. Logo você terá uma surpresa que alegrará seu coração. Você é predestinado e boas vibrações virão até você. Não perca a fé.

Miqueias entrou em uma sala no fundo do salão e foi cuidar de outros afazeres. Danilo ficou mais um tempo pensando nas palavras do mestre, depois levantou-se e foi embora. Chegando em casa deitou-se na cama, sabendo que seria mais uma noite passada em claro.

Eis tudo aquilo a que tu queres? Para ele não tinha efeito nenhum desses. Esses rapazes, as vezes, ficam assim num, Eu lhe mostrava uma figura e falava uma batalha com. Megaton e como podia o cara ser aloucad, podia ir, se ao se fizer para ali, ia dar a reconciliar? Eu que podia mesmo, um spinalin só estou:
Eu quero, eu que tenho ser eu que fosse de repente, ou que de repente. O meu é para ber, ele não foi modo, cabem a a altura, sua boca Rozem,

Entao procurei uma outra. Eiu de ai o dia para o ser dem, ja nao tem a exigir por parte do exercito ou ser nenhuma. E ira ver o Eliguimas, ele.
Mas esses não se estão via no livro, cede, veio o córra de coisas assim, Ninde hoja ir sem tempo, por mim, as palabras do, mesmo dizer fortemente e ler rabiso? Chegando em casa deitar se, nao é, eu cabeca na cama tiver, pois poisso eu em casa.

CAPÍTULO XXI

Enquanto tomava o café e comia os biscoitos trazidos de casa, Valentim observou que um pneu da frente da van estava quase vazio. Certamente sofrera uma pancada em algum buraco da estrada e perdera pressão, ou quem sabe estaria furado. Precisava verificar. Já não estava confiando no freio e agora, com um pneu defeituoso e a estrada ruim, não poderia vacilar. Terminou o lanche, entrou no veículo e procurou uma borracharia.

O borracheiro balançava em uma rede com um jeito preguiçoso e o atendeu sem muito prazer. Levantou-se com má vontade quando a van estacionou e assim que Valentim lhe mostrou o pneu, avaliou bem devagar. Encontrou um furo, ocasionado por um prego ou algo parecido. O ideal seria trocá-lo, recomendou, mas nesse horário nenhuma loja estaria aberta para vender outro. Fez um remendo frio para que ele chegasse em casa. Aconselhou que, assim que possível, trocasse o pneu para evitar um aborrecimento maior.

Durante o tempo em que aguardava o conserto, Valentim observava o comportamento do borracheiro; ele xingava o tempo todo. Se irritava com a chave de roda, chutava os parafusos e puxava o macaco hidráulico com força, como se quisesse danificar seus próprios equipamentos de trabalho. Parecia estar de mal com a vida. Não demonstrava nenhuma vontade de realizar o serviço para o qual estava sendo remunerado. *Como existem pessoas mal resolvidas neste mundo*, pensou. Toda aquela carga negativa se voltaria contra ele, igual a um bumerangue. Com certeza teria poucos amigos, se é que tivesse algum.

Um conserto que poderia ter sido feito em alguns minutos demorou mais de uma hora. Valentim pagou o borracheiro e seguiu para a estrada. Passava das 20h30 quando entrou na rodovia. Estava exausto e precisava ficar atento ao movimento de carros e caminhões na estrada estreita e sinuosa. Bebeu mais um pouco de café para espantar a lassidão e colocou uma música para tocar. Recordou-se do tempo em que namorava Patrícia e de como eles gostavam de ouvir belas canções, trocando juras de amor. A correria diária com o trabalho, as obrigações familiares, dificultavam reviver esses momentos. *Nós precisamos curtir mais a nossa intimidade*, pensava, enquanto os faróis iluminavam a estrada.

Depois de meia hora de viagem, uma chuva fina começou a cair. Com a estrada molhada, a sinalização praticamente desapareceu. Valentim dirigia por experiência, atento às poucas marcas de faixa que conseguia enxergar. Quando cruzava com um caminhão, a carroceria quase arrancava o seu retrovisor. Pouco antes, um bezerro atravessara a estrada e quase causou um acidente. Apesar de estar um pouco longe, os freios demoraram a reagir e foi um susto danado. *Preciso consertar esse freio*, pensou. Teve vontade de parar para descansar, mas naquele momento isso era impossível. À noite, em uma estrada estreita e ainda por cima chovendo, seria muito arriscado parar em qualquer ponto do trajeto. O melhor seria seguir em frente, decidiu.

Na metade do caminho, quando já passava das 21 horas, Valentim acabara de subir uma encosta, descambando em longo trecho em declive. A descida terminava em uma ponte estreita sobre o rio Pedreiras. Diminuiu a velocidade, sabendo que na cabeça da ponte havia uns buracos causados pela chuva. A prefeitura chegara a colocar uma incrível placa com os dizeres "cuidado, buraco na ponte", mas até a placa fora arrancada do local. Chegando perto, ele testou o freio novamente. O carro diminuiu muito pouco a velocidade, deixando Valentim apreensivo. *Preciso controlar esse veículo*, pensou; *do contrário, posso bater no buraco com muita força e ser remetido para o guarda-corpo da ponte*, ponderou.

A visibilidade estava cada vez pior, os faróis do veículo não conseguiam iluminar a estrada. *Devem estar sujos de lama, pois a chuva continua forte*, matutou. Isso dificultava a visão e o limpador ainda piorava o estado do para-brisa. De repente, uma luz forte surgiu na direção contrária. Pela intensidade do facho deveria ser um caminhão, conduzido no modo luz alta. Valentim pisou no freio e nada aconteceu. A van descia e aumentava a velocidade. A ponte chegava mais perto e ele tinha a impressão de que o caminhão vinha diretamente para cima dele. Tentou manter o veículo na direção correta, mas não tinha certeza se estava conseguindo. Ouviu o barulho de uma buzina forte; com certeza o motorista do caminhão pressentira algum perigo. Freou novamente e nada aconteceu, a van só aumentava a velocidade em direção à ponte.

Pisou diversas vezes no freio, cada vez com mais força, ouvindo apenas o barulho das engrenagens rangendo umas nas outras. De repente um estalo! O freio se rompeu definitivamente. O veículo ganhou mais velocidade e Valentim viu a cabeça da ponte surgir à sua frente. O caminhão estava a poucos metros e o choque parecia inevitável. De repente, as rodas da frente caíram no buraco da entrada da ponte; a van deu um salto, escapou para o lado e bateu na lateral do caminhão, rodou por cima do guarda-corpo e avançou sobre a lateral da ponte. A pancada nas armações de cimento foi tão forte que ela acabou cedendo e a van despencou batendo nas pedras do rio. Ouviu-se uma forte explosão e um rastro de fogo azulado espalhou-se sobre as águas. O veículo foi arrastado até chegar em um remanso formado por areia e árvores. As chamas diminuíram e a van estacionou definitivamente, ficando com metade submersa e a parte superior para fora das águas.

    Com a batida forte, o caminhão se desgovernou e quase caiu da ponte. Com muito esforço o motorista conseguiu atravessar e parou com a frente enfiada no mato. A carroceria retorcida pendeu para o lado. Por sorte não ficou atravessada na estrada, podendo vir a causar outro acidente. O motorista pegou uma lanterna no porta-luvas, abriu a porta com dificuldade e desceu da cabine. Uma dor intensa no braço esquerdo sinalizava um machucado bastante feio. Não ligou para isso, depois veria o que tinha acontecido. Precisava ajudar o motorista do outro veículo. Não sabia quantas pessoas estavam na van e se alguém teria sobrevivido. Desceu a ribanceira com dificuldade e direcionou o foco da lanterna para o rio. Identificou o veículo perto da margem.

    Chegando mais perto percebeu que o fogo já se apagara e apenas uma pequena coluna de fumaça saía de dentro da van. Entrou no rio, com água na altura da cintura e tentou enxergar o interior. O veículo estava muito danificado. A cabine tinha se retorcido completamente e os bancos foram arrancados. Com dificuldade viu uma pessoa presa às ferragens. Avaliou a situação e constatou não ter condições de fazer nada naquelas circunstâncias. Voltou para a estrada para esperar uma carona. Precisaria ir à cidade avisar a polícia e pedir socorro. Após algum tempo ele conseguiu uma carona e voltou para Caetité. Já passava da meia-noite quando ele abordou uma viatura e contou sobre o acidente. Os policiais o levaram à delegacia para fazer o boletim de ocorrência. O delegado acionou os bombeiros e seguiram para a região. O motorista passou a noite em claro e no outro dia cedo acompanhou os policiais até o local do acidente.

Os bombeiros trabalharam o restante da noite tentando retirar o motorista das ferragens. Içaram o carro para a margem e cortaram partes da lataria com um maçarico. O corpo estava irreconhecível, mas pelos documentos eles identificaram o motorista como sendo Valentim. Levaram o corpo para o IML, deixando para o outro dia a tarefa de resgatar a carcaça do veículo. A perícia deveria fazer o trabalho de investigação para tentar identificar a causa do acidente. Entregaram os documentos ainda molhados para o delegado; ele se dirigiu para a casa dos pais de Valentim. Seria uma tristeza informar ainda de madrugada o triste acontecimento. Ele conhecia o rapaz e sabia o quanto ficariam chocados.

No outro dia de manhã a notícia já se espalhara. O terrível acidente na ponte do rio Pedreiras e a morte de Valentim comoveu a cidade. Ninguém conseguia entender como um motorista tão cuidadoso teria perdido o controle do carro e caído no rio. A perícia não conseguiu chegar a uma conclusão. O veículo ficara totalmente danificado. O relatório final dizia que poderia ter sido o estouro dos pneus dianteiros, a falha do sistema de freios ou a barra de direção, que também estava quebrada. Ainda tinha o agravante de uma chuva forte caindo no momento do acidente. O depoimento do outro motorista pouco ajudou. Ele percebeu o veículo em velocidade excessiva e não conseguiu evitar o choque na lateral do caminhão. A van resvalou e despencou para o fundo do rio.

Danilo acompanhou com apreensão o desenrolar do caso. No começo receou alguma ligação do acidente ao conserto mal feito no sistema de freios, mas quando viu o carro totalmente destruído, constatou a impossibilidade de identificar a causa. Ficou sensibilizado com a morte do amigo, sentindo ao mesmo tempo uma alegria inexplicável. Em sua mente doentia, um obstáculo havia sido removido, na sua intenção de conquistar a mulher que sonhava.

Patrícia não acreditou quando sua sogra lhe abraçou chorando e disse que Valentim havia morrido. Ela ficou paralisada e só conseguia balbuciar.

– Não é possível, meu Deus. Como isso foi acontecer? O que será de mim sem o meu amado? – chorava, inconsolável.

Após o enterro, Patrícia seguiu para casa carregando nos braços o pequeno Gustavo. Sua avó acompanhava em silêncio a sua dor. Sabia o quanto sua neta amava o esposo e como seria difícil para ela superar essa tragédia. Ficaria ao seu lado, para apoiá-la naquilo que fosse preciso. Patrícia chegou em casa, colocou o filho para dormir e foi para o quarto. Deitou-se na cama fitando o teto, enquanto um profundo vazio abraçava seu coração.

Capítulo XXII

Patrícia ficou inconsolável por alguns meses. Perdeu vários quilos e chamava atenção pela tristeza expressada em seu rosto. Havia conseguido uma licença de três meses no trabalho e quando voltou ao serviço, o apoio dos colegas foi fundamental para sua readaptação. Sua avó alugou a antiga casa em que moravam e foi viver com ela. Assim poderia cuidar de Gustavo, enquanto a neta trabalhava. Aos poucos a rotina se estabeleceu, entretanto, a tristeza ainda era sua maior companheira. Todos os domingos se deslocava até o cemitério, depositando flores no túmulo de seu amado. As pessoas já comentavam se aquela não seria uma viúva eterna, a despertar lendas no futuro. Ela não se importava com isso. Não iria se entregar, mas a lembrança de Valentim ainda era muito forte. Deixaria o tempo se encarregar de curar as feridas.

Logo após o acidente, enquanto ela ainda estava em choque, sua sogra pediu para cuidar de Gustavo. Ela concordou, pois mal conseguia se manter em pé. Um mês depois, quando foi buscar o menino, a sogra inventou mil desculpas para continuar com ele. Diante da insistência de Patrícia em levar o filho, a mulher deixou clara a sua intenção.

— Patrícia, você não tem condições de criar o Gustavo e dar a ele tudo o que ele precisa. Daqui a alguns anos ele vai precisar estudar, então, é melhor ele continuar conosco. Podemos oferecer um ensino de qualidade, nas melhores escolas. Você poderá vê-lo e visitá-lo quando quiser – disse a sogra.

— A senhora me desculpe, dona Iolanda. Mas eu vou criar meu filho. Não o deixarei crescer longe de mim. Pode ter certeza de que darei a ele o melhor. Para isso posso trabalhar – respondeu indignada.

— Você ganha pouco no seu trabalho. As despesas para criar um filho são grandes. Nós não queremos tomar o garoto de você, apenas ficar com ele para dar-lhe conforto e estudos de qualidade – insistiu a mulher.

— A senhora não está entendendo. Jamais me separarei do meu filho. Cuidarei dele para sempre. E pode ter certeza de que era isso que Valentim desejaria – respondeu.

Patrícia foi até o quarto, pegou as roupas do filho e saiu sem dizer mais nada. Não acreditava nas palavras de sua sogra. Propor tirar seu filho, logo depois de ter perdido seu esposo. Era um despropósito sem tamanho. Chegou em casa trincando os dentes de tanta raiva e falou com sua avó.

— Vovó, acredita que a dona Iolanda me disse para deixar o Gustavo com ela? Alegou ter melhores condições de criá-lo, dar uma educação de qualidade. Falou na minha cara: "você ganha pouco e não tem condições de dar ao seu filho tudo aquilo que ele precisa".

Ela repetia as palavras da sogra como um desabafo. Ao mesmo tempo as lágrimas corriam por sua face.

— E o que você disse a ela? – perguntou sua avó.

Patrícia voltou-se para ela e respondeu:

— Que jamais me separarei do meu filho. Ele é tudo que tenho e posso trabalhar para dar o melhor para ele.

Sua avó concordou e tentou acalmá-la. Entendia a percepção dessas pessoas mais abastadas. Enquanto o filho estava vivo, a sogra acreditava que a nora poderia dar ao neto a criação por ela imaginada correta. Teria o apoio e o sustento do marido. Agora com a ausência dele, queria tomar para si essa tarefa, imaginando que Patrícia não seria capaz de trabalhar para sustentar e educar o seu filho. Ela lembrou de como a neta crescera sob seus cuidados; as dificuldades não impediram que ela dedicasse todo o amor ao crescimento e formação de Patrícia. Assim seria com Gustavo, dizia ela. O amor e a dedicação da mãe seriam o fermento para uma vida feliz entre eles.

O relacionamento com a sogra azedou depois daquela conversa. Patrícia evitava que ela levasse Gustavo, entretanto, não dificultou que ela o visitasse em casa. Algumas vezes quando saía para passear na praça ela acompanhava, mas nunca mais tiveram uma convivência social forte. Pareciam pessoas distantes que se encontravam de vez em quando. Com o tempo, foram se afastando cada vez mais e muito raramente, elas se encontravam. Para Gustavo, a presença de vó Juana supria a carência que ele poderia sentir de ter uma avó, e isso deixou os avós paternos cada vez mais distantes.

Logo após o acidente, Danilo pediu para sair da oficina. Não se sentia à vontade trabalhando ao lado do pai de Valentim. Por mais que não houvesse a certeza de que a causa da tragédia fora o sistema de freios, ele imaginava ter contribuído para a ocorrência do desastre. Quando vistoriou a carcaça da van, notou o cano do óleo de freio rompido. A ruptura do cano poderia ter sido através de uma pancada durante o acidente, mas também poderia ter sido ocasionado pelo rompimento da solda mal feita. Felizmente ninguém sabia do conserto, e pelo estado do veículo, esse detalhe passou despercebido.

Ele voltou a trabalhar no posto de gasolina e continuou frequentando a igreja. Quando ele falava de seus sentimentos, o mestre o incentivava a se aproximar de Patrícia, dizendo que ela estava carente, abalada emocionalmente e a presença dele poderia ser um bálsamo para sua recuperação. Dizia ainda, ser este o momento de ela enxergar nele o porto seguro para ancorar sua tristeza. Danilo ouvia aquilo e tinha vontade de falar para Patrícia de suas intenções. Entretanto, ele achava prematuro, por isso, cada vez que se aproximava dela, era o mais amável possível, dizendo estar pronto para ajudá-la no que fosse preciso, mas sem demonstrar nenhum outro interesse.

No domingo, após passar na casa de Patrícia, Danilo foi visitar seus pais. Enquanto tomava um café na área dos fundos, sua mãe disse:

– Meu filho, você poderia voltar a morar aqui em casa. Seu pai já está cansado e o ajudante dele é muito lerdo. Ele precisa de você para tomar conta da loja – disse, sondando a reação dele.

Danilo acendeu um cigarro, tirou duas baforadas, enquanto analisava a proposta de sua mãe. Por fim, respondeu:

– Vou pensar nisso, mãe. Eu vou falar no meu trabalho para ver se eles me dispensam. Se conseguirem alguém para ficar no meu lugar, pode dar certo. Assim eu posso voltar no início do mês – respondeu.

Sua mãe não cabia em si de felicidade. Teria seu menino de volta. Como desejara esse momento! Abraçou o filho e chorou em silêncio. Deus ouvira suas preces. Danilo retribuiu o abraço e sentiu-se acolhido. Como era bom ser amado, sem cobranças, nem preconceitos.

Três anos se passaram desde aquela fatídica noite, quando Valentim perdeu a vida no acidente. Gustavo estava chegando aos 4 anos e ficava na creche enquanto sua mãe trabalhava. Era um garoto esperto e muito educado. Cada vez mais se parecia com o pai. Herdara os traços de Valentim; cabelos castanhos claros, sorriso espontâneo e o olhar era carinhoso e intenso. Uma lembrança viva para a mãe, que via nele o retrato jovem de seu amado marido.

Vó Juana sentiu o peso da idade e a cada dia estava mais debilitada. Desenvolveu Alzheimer, uma doença cruel e implacável, que foi lhe consumindo aos poucos. Para Patrícia, foi doloroso ver sua avozinha se esquecendo de tudo que fazia sentido para ela. Não se lembrava de quase nada, nem dos afazeres mais básicos; mesmo quando tinha um lampejo de memória, as lembranças não eram conexas. Confundia tudo, misturava as pessoas e os acontecimentos. Na maior parte do tempo ficava sentada fitando o vazio. Ninguém conseguia saber se nesses momentos ela viajava aos labirintos de suas lembranças ou se apenas desligava-se do mundo.

    O tratamento de sua avó consumiu esforços físicos e financeiros. Eram tantas as despesas com exames, remédios e acompanhamento médico que Patrícia vendeu a casa de sua avó e aquela comprada com Valentim. Passou a morar de aluguel. Quando a velhinha faleceu, sua partida foi um baque para ela. Era sua referência, tinha cuidado dela desde o nascimento e agora, partira para sempre. Como iria fazer falta em sua vida. Neste período, Danilo aproximou-se dela, dando-lhe apoio e conforto emocional.

    A proximidade dele foi importante para ela enfrentar mais essa adversidade. Ela reencontrou aquele rapaz atencioso de quando se conheceram. Sempre presente quando ela precisava, praticamente adivinhando seus pensamentos. Como não desconfiava de nada, ela entendia que aquela atitude era sincera e desprovida de maldade.

    Estava gostando disso, e aos poucos começava a se abrir para a vida novamente.

se lembrava de que só nada, nem dos esforços mais árduos, mesmo quando tinha uma lâmpada de mineiro, as lembranças não eram tocadas. Confundia tudo, misturava la presença e as atuais lembranças. Na maior parte do tempo, ficava em tudo friando a sair. Ninguém conseguia sair nem tampouco ouvir-se do valor, dos labirintos, de suas tontas impressões sem fim... Helga estava de mau humor.

O recrutamento de escravos começou cedo — inícios de Inverno. Eram tantos os desejos e ruídos dos campos tranquilos, a ponto sabermos o motivo que Patricia vendia a dos demais só quando acompanhadora voluntária. Veio de um jeito aloprada. O pedido a tinha tolerado, no período foi em longo pausa i. Pra tra... Umovem, todo cuidado dela, tudo o que lhe desse a agora, porém a isso era qui. Como trita era falar em sua vida e disso precisada, Drobe, aproximou-se dela, dando-lhe ao novo caminho tanto finaí.

A prosecutadora dele foi importante para ele enfrentar esse ano adversidade. Ele reconfortou aqui o ajuda incomoda de quando os conhecerem. Sempre presente quando ela precisava, noitomente atribuindo seus pensamentos. Como não descoltava de inclinar-se encantar que, aquela atitude era sincera, e despença de maldade. Estava gostando dela. Porém gostava como era a si, abraça-la toda novamente.

CAPÍTULO XXIII

Danilo voltou a trabalhar na loja de ferragens de seu pai. Oito anos depois, agora com 24 anos, a velha rotina se estabelecia. Desta feita, de forma diferente. Pascoal completara 80 anos e ainda estava forte, entretanto, o esforço diário o deixava cansado no final do dia. Apesar disso, não abria mão do ritual de abrir a loja diariamente as 7 horas, como sempre fizera. Mesmo quando as dores na coluna o impediam de caminhar direito, ele se valia do auxílio de Filomena, para se levantar e cumprir sua missão. Após abrir a loja e reclamar da disposição dos objetos nas prateleiras, voltava para a cozinha e bebericava o café coado pela esposa.

O peso da idade não conseguira dobrar sua aspereza no trato com o filho. O santo dos dois não batia de forma alguma e nada entre eles dava liga. Danilo evitava falar diretamente com ele, usando a mãe como anteparo para suas conversas. Ela, também já cansada pelos percalços da vida, não dava muita trela para os amuos do marido, deixando-o falar sozinho por muitas vezes. Como não escutava direito, essa era uma desculpa para se fazer de desentendida das reclamações e dos impropérios.

Apesar de Pascoal manter a autoridade sobre a família, Danilo era quem verdadeiramente resolvia todos os problemas. Compras e vendas de mercadorias, serviços bancários e o relacionamento com os fregueses era tudo missão dele. Uma vez ou outra, Pascoal aparecia e dizia que ele era o dono da loja e Danilo era apenas o gerente, mas o pessoal sabia que isso já fazia parte da caduquice dele. Nestas horas, voltavam aos velhos tempos de desentendimentos e Danilo tinha vontade de largar tudo para não cometer uma besteira. A mãe colocava panos quentes, dizia que Pascoal estava caduco e esclerosado e não sabia o que estava falando.

Após o acidente ocorrido com Valentim, os sintomas de Danilo arrefeceram e os tormentos voltaram de forma ainda mais acentuada

Meses após a saída da oficina, ele sonhara encontrando-se com o amigo que reclamava do conserto do freio. No sonho, ele dizia que quando a van estava em alta velocidade e não conseguira pará-la, ele vira a imagem de Danilo gargalhando e feliz. Isso o martirizava por dentro, levando-o a acreditar que o amigo, mesmo morto, estava culpando-o pelo acidente.

Conversara com o mestre sobre os sonhos e pesadelos e este o aconselhara a esquecer. Dizia para ele, que o acontecimento fora uma fatalidade, que ele precisava parar de se lamentar. Agora o mais importante era se aproximar de Patrícia e dar a ela apoio e segurança para que conseguisse superar a tragédia. Não era isso que ele queria tanto? Perguntava o mestre. Então, seja forte e faça sua parte, dizia ele. O que o mestre não sabia, era que ele se culpava pelo acidente.

Não cansava de se martirizar pelo problema deixado no cano do sistema de freios. Quando saíam para beber, o mestre dizia para ele:

– Ninguém pode entender os desígnios do universo, filho. O que tem de acontecer já vem traçado em nossa vida. Nunca saberemos o porquê de certas passagens e você deve esquecer esses pensamentos. Não pode se culpar pelo que aconteceu. Se o freio ocasionou o acidente, isso estava predestinado. Por outro lado, existe uma força superior regendo tudo, como um maestro em uma orquestra. Muitos fatores podem ter contribuído para aquela tragédia. O pneu estourado ou a barra de direção, como disse a polícia. Ninguém tem certeza do que realmente aconteceu.

– Ora, mestre, eu não duvido de que o freio quebrou e causou o acidente. As outras peças ficaram danificadas pela força da batida. Valentim era um excelente motorista. Ele não perderia a direção do carro se não tivesse uma falha total dos freios. Lembra o que eu disse para o senhor? Eu fiz um conserto naquele sistema de freios – confessou Danilo.

– Eu me lembro. Mas volto a insistir: se isso aconteceu, não foi um propósito seu. Você fez o serviço da melhor forma, se ele falhou é porque tinha de acontecer. Não pode ficar se lamentando agora. Pense no lado bom de tudo isso. Patrícia está livre e você está perto dela. Diga a ela francamente que você está pronto para cuidar dela, da criança, dar-lhe o apoio que ela precisa. Ela não tem mais ninguém. Perdeu a avó, sua sogra não lhe quer bem, então ela só tem você – aconselhou o mestre.

Danilo sabia que isso era o melhor a fazer. Gostava de Patrícia e queria ficar perto dela, mas lhe faltava a coragem de abordar o assunto diretamente. Imaginava que ficando por perto, ajudando e apoiando naquilo que ela precisava, seria o bastante para ela perceber o quanto ele a desejava. Entretanto, todas as vezes que se aproximava um pouco mais, ela se afastava e sua mente tecia um serie de conjecturas. Será que ela o imaginava culpado pelo acidente? Será que pensava que ele de alguma forma contribuíra para a morte de Valentim?

A falta dos medicamentos fazia com que Danilo perdesse o controle de suas ações. Às vezes agressivo, outras introspectivo e quase sempre sozinho. Filomena era a única que se preocupava em fazê-lo tomar os remédios, mas ele nunca seguia as receitas. Às vezes tomava, outras não, e os efeitos nunca eram satisfatórios. As vozes e alucinações eram uma constante. Cada vez mais se convencia de ser o culpado pelo acidente que causou a morte do amigo.

Nestes momentos, refugiava-se na bebida e no consolo da garota que frequentava o bar. Quando estava com ela Danilo se acalmava, pois em seu íntimo imaginava-se com Patrícia.

– Quem é essa moça que você chama pelo nome quando está comigo? É uma namorada? Ela te deixou?

– Não é da sua conta, cuide da sua vida e me deixe em paz – respondeu, levantando-se e vestindo a roupa.

– Não precisa ficar zangado, bonitão. Estou acostumada com isso. Os homens querem as mulheres que não lhe dão bola. Ficam sofrendo e depois vem aqui para serem consolados – debochou.

– Não preciso do seu consolo. Você sabe porque estou aqui, então faça sua parte e me deixe em paz! – exasperou-se.

Ele terminou de se vestir, jogou umas notas em cima da mesa e saiu batendo a porta. Antigamente esse ritual lhe acalmava. Agora saia mais nervoso ainda. E a moça dissera que ele falava o nome de Patrícia enquanto fazia sexo com ela. Caminhou até a igreja para conversar com o mestre, mas ele não se encontrava. Voltou para casa e por duas vezes pensou ter visto Valentim entre os passantes. Já não bastava vê-lo em sonhos ou durante os pesadelos, agora o enxergava enquanto caminhava pela rua.

Danilo colocou na cabeça que a van destruída poderia um dia incriminá-lo. *Quem sabe algum curioso descobre o sistema de freios com uma solda mal feita*, pensava. Isso poderia chegar até a polícia, então eles descobririam quem tinha efetuado aquele serviço. Valentim elogiara o conserto e na ocasião o pai dele estava presente. Na época do acidente ele não se lembrara do fato, mas isso poderia voltar a ser ventilado e abrir uma nova investigação. Por mais que o relatório tivesse constatado uma série de defeitos como causas prováveis do acidente, ele não se conformava em deixar essa possibilidade em aberto. Pensava em como eliminar essa evidência.

Poderia colocar fogo na carcaça, mas com certeza isso chamaria mais atenção ainda. Investigou para onde fora levada a van, e descobriu que a mesma estava estacionada no pátio da polícia técnica. *Preciso encontrar uma forma de arrancar aquela parte do cano,* pensava. Seria uma providência para eliminar qualquer vestígio de sua participação no acidente. Descobriu que um dos peritos frequentava a igreja e procurou aproximar-se dele. O rapaz gostava de beber depois das pregações, então, certo dia Danilo sentou-se ao seu lado na mesa do bar.

— Olá amigo, vejo que você acompanha as pregações, mas não o conheço ainda. Meu nome é Danilo — apresentou-se.

— Eu sei quem é você. É aquele rapaz que empurrou o amigo na cisterna, cerca de uns oito anos atrás. Eu ajudei a fazer a perícia do local — disse o rapaz.

Danilo ficou desconsertado. Não imaginava que o rapaz o conhecesse, principalmente pelo fato ocorrido na sua adolescência. Ficou estático, então o rapaz continuou:

— Meu nome é Renato, não tenho nada com o que aconteceu. Não faço juízo de valor. Para mim, não interessa se você é culpado ou inocente. Eu apenas determino as variáveis técnicas. Largura do buraco, profundidade, a causa da morte, esses detalhes. Se você foi condenado, isso já é um problema do delegado e do juiz. Pode ficar tranquilo, não tenho nada contra você. Senta aí e toma um copo de cerveja — disse.

Danilo sentiu-se mais aliviado. No entanto não sabia se ficava ou se ia embora. De qualquer forma, seria mal-educado de sua parte não falar nada. Por outro lado, precisava entender o que fariam com a carcaça do veículo parado no pátio da delegacia. Resolveu sentar-se na mesa e tomar uma cerveja com Renato. O rapaz gostava de falar sobre seu trabalho e como fazia as investigações. Depois de alguns copos já contara quase todas as diligências em que tinha trabalhado.

— Aquele acidente com a van, aconteceu há uns três anos, foi você quem investigou? — perguntou Danilo.

— Sim, fui eu e mais um parceiro. Fizemos uma perícia no veículo. Ele ficou bastante danificado. Aquele rapaz deve ter perdido a direção no meio da descida e o freio deve ter falhado. Pobre coitado, não teve nenhuma chance. Mas porque você se interessa por isso? Já faz muito tempo – disse ele.

Danilo sentiu um frio na barriga. Provocou o assunto, mas não sabia como responder à pergunta. Disfarçando o constrangimento ele respondeu:

— Não é por nada. Ele era meu amigo e fiquei muito chocado na época. Era um excelente motorista, nunca imaginei como aquilo poderia ter acontecido – explicou.

— Na minha opinião, muitos detalhes podem ter contribuído para o acidente. Os dois pneus dianteiros estavam estourados, a barra de direção quebrada, e o sistema de freios danificado. Ainda por cima, chovia muito. No depoimento do motorista do caminhão o rapaz invadiu a pista contrária. Com certeza a visibilidade estava uma merda e ele perdeu a noção do espaço. Isso acontece quando você está sob violenta pressão e as condições não são favoráveis, como o tempo e a iluminação. Como dizemos no linguajar técnico, uma tempestade perfeita – completou ele.

Danilo já tinha conhecimento do relatório. Ele estava repetindo exatamente o que havia escrito. Mesmo assim perguntou:

— Você sabe o que foi feito da van?

— Pelo que sei está no pátio da delegacia até hoje. Nestes casos, assim que liberamos o laudo, o veículo pode ser retirado, mas os proprietários não quiseram buscá-lo. Está lá enferrujando e ocupando espaço. Qualquer dia o delegado vai emitir uma ordem para mandar para o ferro-velho – disse Renato.

— Você se importaria se eu fosse até lá para dar uma olhada no veículo?

– Ora, não sei o que te interessa naquele pedaço de lata velha, mas se quiser olhar pode ir lá amanhã à tarde que vou estar de serviço – respondeu Renato.

Ele não entendia o que Danilo poderia querer com um veículo totalmente destruído mas, para ele, isso era indiferente. Se ele queria ver o carro, não tinha nada contra. Despediram-se, e, no outro dia à tarde, Danilo chegou na delegacia. Renato estava ocupado com uma montanha de papéis, e indicou para ele o corredor que dava para o pátio.

– Pode ir lá dar uma olhada. Eu não posso te acompanhar. Tenho alguns relatórios para liberar ainda hoje, mas fique à vontade – disse o rapaz.

Danilo foi até o pátio. Dezenas de veículos, motos e até um trator estavam estacionados ao relento. A maioria não passava de ferro retorcido e enferrujado. Identificou a van em um canto do pátio e começou a vistoriá-la. Lembrou-se do carinho dispensado por Valentim ao seu instrumento de trabalho. Quantas vezes o vira lavando e encerando a van, limpando os bancos da sujeira deixada pelos meninos.

Aproximou-se cautelosamente e olhou em seu interior. Encostou-se na lataria e o veículo balançou para o lado fazendo um barulho estranho. Ele se afastou sem saber o que estava acontecendo. O terreno tinha uma saliência e não deixava a van ficar nivelada. Identificou o local onde o cano se encontrava e, usando uma chave de boca, desconectou a porca. Pegou a parte onde havia feito a solda, colocando-a na mochila que trazia nas costas.

Neste momento viu Renato caminhando entre os carros em sua direção e falou:

– Obrigado por ter permitido minha entrada. Queria muito ver essa van, pois o motorista era muito meu amigo – disse.

– Se era interessante para você, foi bom ter vindo, pois acho que essa semana o delegado vai enviar essa carcaça para o ferro-velho – afirmou Renato.

Danilo agradeceu e apressou-se em ir embora. Não estava se sentindo confortável naquele local. Renato era um cara amável, mas poderia desconfiar do interesse dele pela van tanto tempo depois do acidente. *E se ele descobrisse que eu trabalhava na oficina e tinha feito o conserto do sistema de freios?* pensou. Se arrependeu de ter se metido com esse assunto. O caso estava encerrado e somente por sua paranoia fazia sentido ter revirado isso novamente. Ainda bem que o veículo estava sendo enviado para o ferro-velho. Lá eles desmontariam todas as peças para vender separadamente e com certeza não notariam a falta de um cano no sistema de freios. Pelo menos agora a evidência da solda estava descartada. Jogou a peça em um bueiro e voltou para casa aliviado.

Patrícia chegou à empresa e uma surpresa desagradável a esperava. Seu chefe a chamou assim que entrou na sala e comunicou-lhe que a empresa não precisava mais de seus serviços. Desfiou um rosário de justificativas, desde a contenção de custos até a diminuição de faturamento, mas ela sabia que por ter muito tempo de casa, seu salário era um dos maiores na sua função. Há tempos eles estavam substituindo os funcionários mais antigos por novos contratados, com salário inferior. Era uma grande injustiça, mas tudo feito dentro da lei, e, sendo assim, ela não tinha o que reclamar.

Voltou para casa imaginando que teria de arranjar outra colocação, pois suas despesas continuariam a acontecer. Pensou em ligar para Danilo, mas resolveu não incomodar. Ele já tinha problemas demais na loja e não poderia fazer nada nesse momento. Passou na creche e pegou Gustavo. Ele sairia no final do dia, mas como ela não tinha nada para fazer, preferiu buscá-lo para irem passear na praça. Sentia muita falta de sua avó, uma presença constante em todos os seus momentos de angústia e felicidade. Ela nunca desanimava, dizendo que tudo na vida tem um propósito; tudo acontece para nos amadurecer, para nos provar. Lembrava de seus planos com Valentim interrompidos de forma tão trágica, com tantos sonhos ainda para realizar. Quantos projetos ficaram pelo caminho...

Pensou naquele acidente inexplicável. Seu marido era tão cuidadoso, dirigia com atenção e cuidava para manter a van em perfeitas condições. Lembrou-se quando ele dissera que o freio do carro não estava respondendo a contento, e que pedira para Danilo consertar. Depois, enquanto jantavam, ele dissera o quanto o serviço tinha ficado perfeito e por isso era muito agradecido ao amigo pela dedicação. Patrícia pensava tudo isso enquanto observava Gustavo brincar em um balanço na praça. De repente alguém tocou seu ombro. Virou-se e viu Danilo sorrindo para ela.

— Será que eu incomodo ou posso me sentar ao seu lado? — perguntou.

— Olá, Danilo. Como sabia que eu estava aqui? Pode se sentar sim — disse.

— Eu voltava do banco, quando a vi entrando na praça com o Gustavo — respondeu.

Ele se sentou ao seu lado e observou seu rosto. Estava triste e com a expressão cansada:

— Aconteceu alguma coisa Patrícia? Esse não é um horário que você sai para passear, principalmente no meio da semana — observou.

— Acabei de ser despedida do meu emprego. Eles estão colocando pessoas com salário menor, para fazer o mesmo serviço. Então, peguei o Gustavo e vim para cá. Não tinha nada para fazer por agora — explicou.

Danilo olhou para ela consternado. Entendia as dificuldades que ela estava passando desde a morte de seu marido. Depois veio a doença de vó Juana, as despesas com o tratamento e finalmente a pobre velhinha falecera. Tudo isso minara as forças de Patrícia, além de drenar seus parcos recursos financeiros. Ela precisava sair em busca de um novo emprego para garantir o sustento da casa, o pagamento de aluguel, a creche de Gustavo e tudo o que precisava para viver.

Pensou por um instante e encontrou forças para dizer aquilo que ele tanto queria.

– Patrícia, há muito tempo quero falar uma coisa. Não sei como você vai entender isso, mas eu gosto de você, sempre gostei. Talvez você queira morar comigo. Gostaria de me casar com você, mas podemos esperar se você não estiver pronta. A casa dos meus pais é confortável e eu tenho a minha renda na loja. A gente pode organizar tudo e você deixa essa casa de aluguel. Eu posso manter todas as despesas – disse, ansioso.

Patrícia foi pega de surpresa. Não sabia como responder. Sua primeira reação foi dizer que não aceitava; cuidaria de tudo e não precisaria da proteção dele. Seria capaz, como sempre fora, de resolver suas necessidades. Enquanto processava as palavras em sua mente, Danilo pegou suas mãos e falou novamente:

– Não estou te fazendo essa proposta porque você perdeu o emprego. Nem é pelo aspecto financeiro. Estou fazendo, porque eu sempre gostei de você e ainda gosto da mesma forma – acrescentou.

Patrícia olhou para ele e viu que seus olhos suplicavam uma resposta.

– Sinceramente, não sei o que dizer Danilo. Fico agradecida pelo seu carinho, sua preocupação, mas não estou preparada para uma decisão dessas. Ainda tenho a lembrança viva de Valentim no meu coração. Nunca pensei em outro homem na minha vida – explicou.

Ele continuava segurando suas mãos. Os olhos marejados, indicavam o tamanho de sua emoção.

– Eu entendo. Você ainda pensa nele. Mas já se passaram três anos e a vida segue. Você precisa ter alguém para ajudá-la a cuidar do seu filho, estar ao seu lado para enfrentar as dificuldades. Eu gosto de você e quero ser essa pessoa. Pense nisso! – disse.

– Tá bom, vou pensar no que você está me dizendo, mas não prometo nada. Não sei como o Gustavo entenderia uma atitude dessas da minha parte. Eu tenho medo da reação dele, de não aceitar outra pessoa. Me dê um tempo para pensar, preciso organizar os pensamentos, tudo está muito confuso – respondeu.

Danilo sabia que Patrícia não responderia de pronto, mas ele precisava expor a ela o seu sentimento. Tivera coragem e agora a decisão estava nas mãos dela.

— E bom, vou pensar no que você acabou dizendo, mestre —
murmura Caleb. Não faz tempo — Garion... murmura uma última
dose da noite para... Eu sinto medo de enfrentar. Me deixe ser um
outra pessoa. Me dê um tempo para pensar, para se organizar, se
prometer a nós. Está... muito confuso — responde.

Emílio olha-o. — Então não responderá. É melhor ir, ele me
procurar depois e dizer sua resposta. Lavez comigo a agora
decirmos em uma delas... —

CAPÍTULO XXIV

A vida de Patrícia caminhava com dificuldade. Seis meses após ser despedida ela ainda não arranjara um emprego fixo. Batera em dezenas de portas, distribuindo uma infinidade de currículos e nenhuma proposta concreta apareceu. Fora chamada para várias entrevistas; uns diziam que sua formação estava além do desejado, outras alegavam pretensão salarial acima das possibilidades. Mesmo estando disposta a começar por baixo, trabalhar duro para progredir no emprego, ainda não tivera a sorte de conseguir uma vaga. A duras penas, pagava as contas da casa, fazendo bicos como faxineira na padaria do bairro, outras vezes, cuidando de alguma criança para as vizinhas.

Já não dispunha de crédito no cartão, duas faturas estavam atrasadas e o que ainda dava uma certa dignidade era manter Gustavo na creche, que era mantida pelo município. A escola também era pública, mas os livros, ela não conseguia comprar. Outrora, o garoto pegava o transporte escolar; atualmente, eles se levantavam bem cedinho e, depois do lanche, caminhavam cerca de quatro quilômetros até o colégio. No fim da tarde, Patrícia o esperava no portão e faziam o trajeto de volta. Apesar de tudo ela não desanimava, nem deixava transparecer ao filho as dificuldades pelas quais estavam passando. Confiava em logo conseguir um emprego e tudo voltar ao normal.

Sua avó dizia sempre para ela: "não há mal que sempre dure, nem bondade que nunca se acabe". Em algum momento tudo se ajeitará, acreditava.

O pai de Danilo fora internado com uma forte crise respiratória e se recuperava em casa. Filomena cuidava de sua alimentação, suportando o constante mau humor. Ultimamente ele desenvolvera uma mania de perseguição; segundo sua mente, todo mundo conspirava contra ele. Nos seus delírios, as mercadorias da loja desapareciam, o dinheiro das vendas estava sendo roubado e culpava Danilo por tudo. Já não bastava ele estar em volta com suas alucinações, seus desvarios mentais, agora vinha seu pai, ajudando a piorar a problema. Quando o velho o acusava, ele tinha vontade de enforcá-lo. Trabalhava duro todos os dias e ganhava apenas o combinado. Ficar suportando essas insinuações tirava-o do sério. Filomena tentava apaziguar a relação dos dois, quase sempre sem sucesso.

Na igreja, Danilo confidenciava com Miqueias as suas angústias. Mesmo Patrícia estando sozinha agora, ele não encontrava o eixo para conquistá-la. Já havia se declarado, mas pelo jeito ela não ficara muito animada. Continuava se encontrando com ela, propunha morarem juntos, mas ela saía pela tangente. Considerava-se bastante fragilizada com a ausência do marido e a criação de Gustavo era sua prioridade. O mestre o aconselhava a não desistir, afirmando que a insistência o levaria a ser aceito por ela. Era o que ele estava fazendo.

O problema, dizia ele ao mestre, eram as visões e alucinações que o atormentavam, não deixando que tivesse paz. O pesadelo do acidente ficava cada dia mais real. Valentim aparecia em seus devaneios, dizendo que ele ficara feliz com o acontecimento. Outras vezes, via o amigo segurando a mão do filho, dizendo-lhe para se afastar de Danilo. Quando tentava dormir, ouvia vozes, chamando-o de assassino, traidor, e quando acordava, parecia que alguém estava no quarto. Chegava a sentir a respiração de outra pessoa.

Filomena indicou um médico recém-chegado na cidade. Danilo não queria ir, porém ela marcou uma consulta e o acompanhou. O médico perguntou sobre seu histórico clínico, mas como ele não se abriu muito, resolveu investigar:

– Você alega que dorme pouco, isso tem a ver com seu trabalho? – perguntou o médico.

– Não acredito que seja o trabalho doutor. Meu sono é muito leve e tumultuado. Sinto dores na cabeça e distúrbios de visão – explicou.

– Você toma algum remédio controlado? Alguma medicação continuada?

– Eu já tomei uns comprimidos receitados pelo Doutor Clarindo, mas eles são vendidos com receita médica – respondeu.

– Você tem os nomes desses remédios?

– Não tenho os nomes. Posso tentar encontrar a receita ou a caixa dos remédios para o senhor verificar – prometeu.

O médico pediu alguns exames, receitou um ansiolítico leve e outro remédio para dor de cabeça. Danilo voltou para casa e pediu a Filomena para comprar os remédios. Tomou por uns dias e sentiu uma melhora considerável. Chegou a ligar para o doutor Clarindo Reis, mas as ligações não completaram. Deixou um recado com a secretária, porém ele não retornou a ligação. Não voltou ao médico sequer para levar os exames solicitados, que aliás, ele nem se deu ao trabalho de fazer.

O mestre dizia para ele se concentrar nas orações, que tudo isso passaria, à medida que ele conseguisse realizar o sonho de conquistar a mulher amada. Não era o que Danilo imaginava que viesse a acontecer. Sua mente estava muito confusa. Enxergava inimigos por toda parte. Seu pai com as acusações infundadas, o fantasma de Valentim imputando-lhe responsabilidades pelo acidente e até em Gustavo ele via um empecilho para ficar com sua amada. Não entendia a resistência de Patrícia em aceitá-lo. Eles foram quase namorados, sentia que ela gostava dele e agora que estava sozinha e carente, por que não aceitar sua oferta de amor?

Em momentos de grande tensão pensara em tirar a própria vida, dando fim a toda essa angústia e sofrimento. Somente a presença do mestre e a esperança de conquistar Patrícia o fazia seguir em frente. Um dia, ao visitá-la em casa, notou que sua expressão estava muito triste, quase desesperadora. Olhou para ela e perguntou:

– Patrícia, você não está bem! Parece tão angustiada. Posso ajudar?

– Recebi a ordem de despejo hoje. Não sei o que vou fazer. Não tenho para onde ir. Estou desesperada, preciso encontrar uma saída – disse, quase chorando.

– Você pode ir para minha casa. Eu já te ofereci diversas vezes. Venha morar comigo, posso te dar todo o conforto que você precisa. E não se preocupe, terei paciência para esperar você se acostumar. E se não der certo, você poderá arranjar um lugar para morar depois – disse, tentando acalmá-la.

Patrícia enxergou a proposta sob outra perspectiva. Danilo não estava propondo casamento e nem mesmo um relacionamento. Estava dando-lhe apoio neste momento crucial de sua vida. Poderia ficar um tempo, até tudo se ajeitar e depois organizar sua vida. Não tinha a intenção de aceitar sua proposta de envolvimento sentimental. Olhou para ele e agradeceu com o olhar. Pegou suas mãos e disse:

– Vou aceitar sua ajuda. Nunca poderei te pagar, mas serei para sempre grata pelo que você está fazendo por mim e por meu filho.

– Faço isso de coração. Você sabe o quanto gosto de você, não precisa agradecer por nada – respondeu.

Abraçaram-se por um instante. Ela sentindo por ele um profundo afeto e gratidão, ele imaginando ter dado o primeiro passo para conquistá-la. Combinaram que, na manhã seguinte, Danilo providenciaria a mudança. Enquanto isso, ele iria preparar o quarto para Patrícia e Gustavo e conversar com seus pais. Pascoal iria falar horrores, mas sua mãe entenderia a situação.

Chegando em casa, ele chamou sua mãe e explicou o que havia feito.

— Mãe, vou passar o meu quarto para Patrícia e o filho dela ficarem aqui. Enquanto isso, vou dormir na sala. Depois a gente vê como fica.

— Eles vão morar aqui com a gente, meu filho? — perguntou.

— Espero que sim. Por enquanto, vão ficar improvisados, mas depois a gente resolve.

Filomena não respondeu. Conhecia o filho e sabia que se ele falava assim, era porque a decisão já estava tomada. Caminhou até o quintal, onde Pascoal recostava-se debaixo de uma árvore e contou para ele as novidades. Ele não desviou o olhar, apenas resmungou alguma coisa ininteligível. Não se interessava pelo assunto e não iria se manifestar.

Patrícia mudou-se para a casa de Danilo, sentindo-se uma estranha no meio daquelas pessoas. Estivera com dona Filomena algumas vezes na juventude, mas nunca trocara uma palavra com o senhor Pascoal. Ao chegarem, ele mal a notou. Filomena foi gentil, sem demonstrar satisfação. Mostrou onde ficava o quarto, falou do horário em que serviam as refeições e disse estar disponível para o que ela precisasse.

Gustavo gostou da nova moradia. O quarto era espaçoso, a sala grande e o quintal tinha muitas árvores. Algumas galinhas ciscavam no terreiro e ele já começou correndo atrás de algumas delas. Criança se adapta rapidamente às situações mais adversas. Desde que tratadas com amor e carinho, elas acreditam que a vida é uma alegria constante.

Patrícia acreditava que seria uma fase passageira em sua vida e logo que pudesse arranjaria um emprego e tudo voltaria ao normal. Assim, retomaria a rotina, trabalhando e cuidando de seu futuro e de seu filho. Era o que desejava e, por isso, lutaria com todas as suas forças.

CAPÍTULO XXV

Não demorou para Patrícia perceber o erro que havia cometido. Nos primeiros meses de convivência, ela já não suportava o clima pesado existente diariamente naquela casa. Danilo a sufocava em todos os sentidos. Ela saía em busca de trabalho e lá estava ele, perguntando onde ela tinha ido, com quem havia conversado e porque demorara tanto. Seu Pascoal não deixava passar um dia sem dizer que não tinha construído uma casa para abrigar estranhos. Falava aos quatro ventos que se Danilo queria morar com uma mulher com o filho de outro, deveria ter sua própria casa.

Filomena era a única a se comportar com sensatez. Procurava ajudar Patrícia em tudo o que ela precisava, pedia paciência e dizia para ela não valorizar as falas de seu marido; ele estava velho e não sabia o que estava falando. Ainda bem que Gustavo não percebia o quanto estava difícil ficar naquela casa. Patrícia evitava falar de qualquer assunto perto dele; o menino permanecia a maior parte do tempo no quarto e, quando podiam, saíam para caminhar.

Patrícia tinha consciência de que não podia continuar ali. Procurou uma antiga amiga do trabalho, pedindo ajuda para encontrar uma moradia. Mesmo um quarto e sala, já seria o bastante para ela e Gustavo se mudarem. Além da má vontade dos pais, algo em seu coração alertava para o comportamento de Danilo; não era a pessoa que imaginava. Sentia seu olhar inquisidor e possessivo; um arrepio de medo lhe apavorava toda vez que ele se aproximava. Depois de alguns dias, ela encontrou uma quitinete e resolveu falar com Danilo:

– Danilo, preciso me mudar daqui. Não estou suportando mais a pressão de seus pais. Isso não está fazendo bem para mim nem para meu filho – desabafou.

– Você não precisa fazer isso, Patrícia. Meu pai está velho, não fala nada que se aproveita e minha mãe gosta de você.

– Você não entende. Eu preciso ter o meu cantinho. Aqui não consigo ter liberdade. Quero encontrar trabalho e cuidar da minha própria vida – argumentou.

– Não posso permitir que você se vá. Eu vou cuidar de você para sempre – disse, com rispidez.

Patrícia ficou assustada. Danilo nunca falara com ela naquele tom. Sentiu um verdadeiro pavor, como se algo muito ruim fosse acontecer. Olhou para ele e seus olhos estavam vidrados. Lembrou-se de quando o vira naquele incidente na escola. Ele se transformara em outra pessoa e ela não entendera como havia acontecido. Olhou no relógio e viu que estava na hora de buscar Gustavo.

– Vou buscar meu filho na escola. Depois a gente conversa sobre isso – disse.

– Eu vou com você!

Ela saiu. Ele a seguiu sem que ela pudesse retrucar. Caminharam em silêncio por algum tempo; ele retomou a conversa.

– Não pense mal de mim e de meus pais. Quero ficar ao seu lado, cuidar para que não falte nada para você nem para o Gustavo. Me sinto responsável por vocês – disse.

– Você é bem-intencionado e gosta de mim, Danilo. Mas ficar na casa dos seus pais não está sendo bom para nós. E não precisa se sentir responsável por mim, muito menos por Gustavo. Ele não é seu filho – respondeu.

– Eu posso encontrar um espaço para nós. Vamos procurar uma casa para ficarmos juntos, nós dois e o Gustavo. Assim ficará melhor para todos – sugeriu.

Patrícia não disse nada. Não acreditava mais nas promessas de Danilo. Sentia-se desconfortável com a forma que ele dizia gostar dela: possessivo, controlador e ainda por cima cheio de ameaças. Sentia medo, por ela e por Gustavo. A cada dia via-se como uma intrusa sendo observada e avaliada o tempo todo. Isso não era amor, mas sim uma obsessão doentia para ficar ao seu lado. Já percebera vestígios desse comportamento logo após o seu casamento. Chegara a comentar sobre isso com Valentim, mas ele não se importara, dizendo que era o jeito dele. Agora que ficara dois meses sob o mesmo teto, ela já não tinha dúvidas que ele era agressivo e controlador. E quando as coisas saíam do seu controle, ele agia de forma estranha.

Por outro lado, quando ele era carinhoso com Gustavo, preocupado com a segurança e o bem-estar deles, imaginava estar sendo rigorosa demais com ele. Será que o amor recebido dos pais e que ele não soubera retribuir o levava a tentar ser carinhoso com o menino? O tempo no reformatório poderia ter contribuído para desenvolver nele esse sentimento de autoproteção, de cuidado excessivo. Patrícia buscava explicações, tentando encontrar uma justificativa para continuar perto dele e aceitar sua oferta e apoio.

Voltaram para casa e ele garantiu que buscaria um local para se mudarem. Com isso, ela dispensou a quitinete arranjada por sua amiga, esperando as providências que ele havia prometido. Apesar de ter ficado assustada, conhecia Danilo desde os 16 anos. Fora aquela tragédia da escola, ele era uma pessoa normal. Cumprira sua pena, voltando a conviver em sociedade de forma natural. Recusava-se a acreditar que ele viesse a fazer algum mal para ela e para seu filho.

Ela se preocupava com a frequência dele na igreja Templo de Saturno. Por diversas vezes, após retomarem o contato, ele a convidara para assistir às pregações. Como das outras vezes, ela recusava de pronto o convite. Nunca gostara desses assuntos de seita, e não seria agora, depois de adulta, que se envolveria com isso. Quando Danilo voltava desses cultos, ele ficava por horas taciturno, pensativo, respondendo às perguntas com monossílabos. Parecia viajar para outra dimensão. Por vezes, já o vira falando sozinho na sala e quando ela perguntava do que se tratava, ele dizia não se lembrar de nada. Dois meses após aquela conversa, Patrícia perguntou sobre a casa. Danilo respondeu vagamente:

– Não encontrei nada ainda. Tem um amigo me ajudando a procurar, mas não tem nada concreto.

Ela não insistiu. Já percebera que ele estava apenas ganhando tempo. Pensaria em outra saída. O mais urgente era arrumar um emprego, mas até isso estava difícil. Danilo estabelecera um horário para ela ficar no balcão da loja, sempre que ele se ausentava para ir ao banco e quando desaparecia para outros afazeres. À noite, após o jantar, perguntava quem ela tinha atendido, o que havia conversado. Patrícia sentia nele um ciúme doentio, quase paranoico.

Algumas vezes, quando ficavam sozinhos, ele tentava dissimuladamente tocá-la. Quando ela se afastava, ele procurava se desculpar. Outras vezes, perguntava por que ela não o aceitava, já que ele demonstrava o tempo todo o quanto gostava dela. Patrícia explicava que a lembrança de Valentim ainda era muito forte, e não estava nos seus planos um novo relacionamento. Muito menos com ele, o melhor amigo de seu falecido marido. Essa atitude o deixava possesso e uma chama o queimava por dentro. Ele não se conformava em ser rejeitado dessa maneira. Em seu íntimo, já começava a imaginar se ela sabia sobre o acidente.

Patrícia comentara certa vez não acreditar na tese de que o marido pudesse ter perdido o controle do carro, mas sim, que alguma peça defeituosa causara aquela fatalidade.

De qualquer forma, ele estava decidido a obrigá-la a ceder aos seus desejos. Não havia esperado tanto tempo para nada. Chegara ao cúmulo de manipular um conserto no carro para provocar um acidente e tirar o rival do seu caminho. Não tinha a certeza de que fora isso a causa da tragédia, mas bem que podia ter sido. Em sua mente doentia, essa atitude era a maior prova de que ela deveria lhe pertencer. Certa noite, após os velhos se recolherem e Gustavo dormir no quarto, ele a chamou para conversarem no quintal. A Lua estava bonita e ele se aproximou. Danilo pegou suas mãos, a abraçou e ela sentiu um calafrio percorrer sua espinha de cima até embaixo. Não estava preparada para isso. Não esperava que ele pudesse a forçar dessa maneira.

– Você sabe o quanto a amo. Quero ter você para sempre ao meu lado. Esperei por isso a vida inteira – disse, com voz rouca.

Patrícia tremia. Com certeza Danilo imaginava ser de emoção. Isso o encorajou. Segurou-a com força, pressionou seus lábios com firmeza junto aos dela, forçando um beijo que ela não correspondeu. Com esforço, ela balbuciou:

– Danilo, você está me machucando. Solte-me por favor, senão vou gritar – sua voz refletia o pavor que sentia.

Ele parecia não ouvir. Continuou apertando seu corpo e prendendo sua respiração. Ela tentou empurrá-lo com as duas mãos, porém ele a segurou pelos pulsos. Suas pupilas estavam dilatadas.

– Espero por você desde que nos conhecemos. Por que você me rejeita? – disse, transtornado.

Ela tentou novamente se soltar, mas ele era muito forte e ela não conseguia se mexer.

– Você não pode fazer isso. Eu nunca vou te perdoar. Se você não me soltar eu vou gritar por socorro.

Ele a pegou nos braços, carregando-a em direção ao quarto. Ela tentou se soltar, mas ele nem tomou conhecimento de suas tentativas. Tentou gritar pedindo ajuda, mas ele colocou a mão sobre sua boca, quase sufocando-a. Danilo chutou a porta do quarto com o pé, jogando-a sobre a cama. Começou a tirar suas roupas de forma abrupta e ela entrou em desespero. Patrícia implorou que ele parasse, mas foi em vão. Ele rasgou seu vestido, tirou as calças, e consumou o ato sem falar uma palavra. Bufava como um cavalo e nem ouvia as súplicas feitas por ela. Depois, se levantou, dirigindo-se ao banheiro. Quando retornou ela já havia saído.

Patrícia foi para o seu quarto sentindo-se enjoada. Entrou no banheiro e vomitou no vaso. Chorava em silêncio, para não acordar Gustavo. Pensou no que fazer e no desespero só conseguia pensar em fugir. Ligou para a emergência, mas por algum motivo a ligação não completava. Pensou em chamar dona Filomena, mas não achou conveniente. Sem saber o que fazer, olhava para as roupas rasgadas e sentia nojo de seu próprio corpo. Após algum tempo, tirou toda a roupa e entrou no chuveiro, lavando-se da cabeça aos pés repetidamente. Parecia que quanto mais esfregava, mais a sujeira se impregnava nela. Nunca imaginara passar por tamanha humilhação. Tinha vontade de matar aquele ser imundo, que tivera a coragem de trazê-la para dentro de sua casa, subjugá-la e cometer um ato tão abjeto. Não ficaria ali nem mais um minuto. Precisava sair e procurar a polícia, denunciar aquele desgraçado. Olhou no relógio e já passava da meia-noite. Não conseguiria fazer nada àquela hora. Teria que esperar o dia amanhecer para tomar as providências.

Danilo saiu do quarto e sentou-se debaixo da árvore no quintal. Relembrou a cena, constatando haver feito uma grande besteira. Abusara da confiança de Patrícia, trazendo-a para dentro de sua casa e agora a estuprara sem piedade. Em sua mente, martelava os pedidos de Patrícia para que parasse; os soluços suplicantes para não consumar aquilo. Mas ele não podia atender ao clamor da mulher. Esperara por isso a vida inteira. Mesmo quando pensava em namorá-la, o que ele queria mesmo era possuí-la, ficar com ela em seus braços e saciar sua fome de amor.

Ele tinha certeza que ela tomaria uma atitude na manhã seguinte. Precisava pensar em algo. Eliminar a ameaça representada por ela. Não poderia deixá-la fazer uma besteira. Fumou mais um cigarro, fechou as portas da casa e caminhou em direção à igreja. Já passava de meia-noite quando bateu na porta do templo. O mestre se levantou sonolento e atendeu ao chamado. Estranhou Danilo aparecer naquela hora da madrugada. Perguntou o que se passava, e então, gaguejando e soluçando ao mesmo tempo, ele disse:

– Cometi uma barbaridade, mestre. Estuprei a Patrícia, ela jamais irá me perdoar. Eu a machuquei sem piedade – lamentou.

Olhando para ele, o mestre não conseguiu esconder a sua decepção. Pensara poder conduzir Danilo para o lado do bem, do amor e da compreensão, fazendo dele um condutor de suas ideias para quando não pudesse mais levar adiante o seu projeto. Entretanto, o rapaz mostrara-se um desequilibrado total, incapaz de superar os devaneios de uma mente atordoada. Voltou-se para ele e disse:

– Como você pôde fazer uma selvageria dessas, Danilo? Ela estava tão perto de você. Frágil e indefesa. Precisando de seu apoio e proteção. Agora, será para sempre sua inimiga. Seu ódio te destruirá. Você precisa orar e pedir proteção, senão você conhecerá o fogo do inferno. A chama sagrada deve prevalecer sobre todos os males – disse o mestre.

– Não pude resistir, mestre. Cometi uma estupidez. Ela confiava em mim. Eu agi como um animal e não ouvi suas súplicas. Agora tudo está perdido. Ela jamais me perdoará – dizia.

– Tente se acalmar. Como eu disse, a merda já está feita. Agora não tem mais o que fazer. Ela irá te odiar para sempre. Você pagará pelos seus atos. Nada pode ser feito para redimir tamanha brutalidade. Peça perdão a ela e se entregue para a polícia. É o mínimo que você pode fazer – repetiu o mestre.

Danilo ficou em silêncio. As palavras do mestre ecoavam em seu cérebro. As veias de sua têmpora latejavam e os olhos ficaram vidrados. Levantou-se e dirigiu-se para a saída. Ao passar perto da porta, pegou uma máscara vermelha que estava em cima da mesa. Caminhou sem rumo pela madrugada. Quando voltou para casa, já era de manhã. Logo mais seus pais acordariam e saberiam o que ele havia feito. Abriu a porta da área e entrou. Pegou uma faca na cozinha e caminhou em direção ao quarto.

CAPÍTULO XXVI

Patrícia chorava em silêncio. Todo o seu corpo estava em frangalhos. A dor que sentia não era física. Sua alma sangrava. Um ódio intenso lhe turvava a mente. Sentia uma vontade louca de sair dali. Olhou para Gustavo, dormindo inocentemente em sua cama e resolveu que não podia mais esperar. Saiu do quarto pisando devagar. Não podia fazer barulho para não acordar Pascoal e Filomena. Caminhou lentamente até a cozinha, tentou abrir a porta que dava para a área e viu que estava trancada por fora. Foi até a loja e também não vislumbrou nenhuma saída. As portas eram de correr e o mecanismo de abertura ficava com Pascoal. Constatou que não havia uma forma de sair de casa antes do amanhecer. Voltou para o quarto, trancou a porta por dentro e sentou-se na cama ao lado do filho. Assim que as pessoas se levantassem ela sairia daquele lugar maldito.

Danilo entrou na cozinha e sua cabeça latejava. Colocou as duas mãos sobre as têmporas e sentiu as pulsações de suas veias. Seu cérebro fervilhava como uma chaleira em ebulição. Em seu subconsciente uma voz martelava seguidamente: *Patrícia o denunciará à polícia, você será condenado e preso!* Como ela poderia fazer isso se ele a amava de todo coração? Fizera tudo para merecer o seu amor e cada vez que tentava se aproximar, ela o rejeitava. *Não estava certo*, pensava. Quando terminou de possuí-la, olhou em seus olhos e viu o tamanho do ódio refletido em suas pupilas. Não bastaria pedir perdão! Ela jamais o absolveria pelo que havia feito.

Colocou a máscara que pegara na saída da igreja. Respirou profundamente e uma energia estranha tomou conta de todo o seu corpo. Tentou abrir a porta do quarto, mas ela estava trancada. Empurrou-a com mais força e ela não cedeu. Afastou-se, levantou a perna direita e disparou um pontapé na porta. A fechadura cedeu e ele entrou no cômodo. Patrícia estava sentada, recostada na cabeceira da cama. Ao seu lado o menino dormia pesadamente. Ao vê-lo entrar tentou gritar, mas ele já estava em cima dela. Danilo a empurrou de encontro à cama e o bafo quente dele, cheirando a álcool, soprou em seu rosto. Ela virou, deparando-se com aquela máscara vermelha com detalhes pretos cobrindo um rosto forte. Pelos orifícios, ela reconheceu os olhos faiscantes dele. Não pareciam humanos. Tentou gritar, porém ele abafou sua boca.

Devagar e meticulosamente, ele cravou a faca em seu peito. Uma, duas, três, quatro, cinco vezes...

Após a primeira facada ela tentou reagir, mas não conseguiu se mover. Recebeu as outras estocadas e, quando ele a soltou, ela caiu para o lado da cama, escorregando para o chão. Mais de vinte perfurações naquele corpo frágil acabaram tirando sua vida. Com o barulho da queda Gustavo acordou e ficou sem entender o que se passava. Viu aquele vulto alto e forte desparecendo pela porta entreaberta e sua mãe caída no chão, ensanguentada. Ela ainda emitia alguns sons, mas o sangue jorrava sem parar e, de repente, ela não se mexeu mais. O garoto tateou e encontrou uma camisola em cima da cama. Tentou limpar o sangue que escorria da boca de sua mãe, mas o esforço foi em vão. A peça ficou ensopada em suas mãos. Ele começou a chorar, sem entender o que havia acontecido.

Danilo saiu do quarto e caminhou de volta para a cozinha. Pascoal estava em pé olhando para ele. Já se preparava para levantar quando ouviu um barulho estranho. Imaginou que alguma ferramenta tivesse caído na loja. Vistoriou o espaço e não notou nada de diferente. Caminhou em direção à cozinha, e quando passou pelo quarto de Patrícia, percebeu que algo estava acontecendo. Como ainda estava escuro, seus olhos cansados não vislumbraram os fatos. Por isso, não quis se intrometer. Esperaria Filomena levantar-se para saber o que se passava. Quando viu Danilo saindo com uma máscara no rosto, e uma faca ensanguentada nas mãos, caminhou em sua direção. Abriu a boca para perguntar, e, nesse momento, sentiu a lâmina cravar em sua barriga.

Pascoal olhou para Danilo incrédulo. O que teria acontecido com ele? Por mais que não se dessem bem, aquele era o seu filho, que ele criara com toda dedicação. Tentou fitar seus olhos. A máscara escondia o seu rosto, mas os olhos podiam ser vistos. Naquela luz parca, pareciam duas bolas de fogo, soltando labaredas de ódio. Seus braços frágeis abraçaram o filho e sua boca balbuciou uma pergunta:

– O que está acontecendo, meu filho? Por que você está fazendo isso?

Novamente, a lâmina perfurou o corpo frágil. A faca entrava e saía não encontrando resistência, em incontáveis estocadas. O massacre não demorou muito e logo as pernas de Pascoal dobraram sob o peso da morte. Era como se ele estivesse descontando todo o ódio acumulado nos longos anos de desavenças. Depositou o corpo no chão, e quando se levantou, uma mão tocou seu ombro. Virou-se bruscamente, dando um safanão com o braço direito. A mão fechada encontrou o rosto de Filomena que tentava entender o que se passava. Com o golpe, ela recuou três passos para trás, tropeçou em uma cadeira e caiu. Bateu com a cabeça no batente da porta, e um estalido ecoou pela sala. Quebrou o pescoço e não se mexeu mais.

Danilo olhou em volta, observando toda a cena em câmera lenta. Viu seu pai caído, banhado em sangue, sua mãe inerte junto à porta e não se comoveu. Pegou o maço de cigarros em cima da mesa, acionou o isqueiro e tirou duas longas baforadas. Voltou ao quarto, empurrou a porta e entrou. Patrícia estava caída e o menino chorava em cima da cama. Caminhou até à janela, pegou a cortina e encostou a chama do isqueiro. O fogo começou a queimar, então ele saiu e foi até a cozinha. Abriu as chamas do fogão, pegou a toalha que forrava a mesa e colocou sobre o fogo. Uma labareda forte se levantou até o teto.

Enquanto as chamas cresciam, Danilo foi até a loja, pegou algumas caixas, derramou óleo sobre elas e acendeu o isqueiro, incendiando-as. Parecia possuído por um espírito maligno. Através da máscara, era possível notar um certo regozijo no que ele estava fazendo. Logo mais, não restaria nada daquele local.

Saiu pela porta do fundo, caminhou até uma árvore no quintal e olhou para o infinito. Não sentia absolutamente nada em relação ao que acabara de fazer. Lembrava-se de cada detalhe dos fatos: da morte de Patrícia, seu pai arregalando os olhos sem entender porque estava sendo esfaqueado, sua mãe batendo com a cabeça e ficando inerte. Não se via cometendo todas aquelas barbaridades. Para ele, uma outra pessoa havia feito aquilo e nada fazia sentido.

Sob a máscara, uma voz repetia em seus ouvidos que as chamas serviriam para a purificação daquelas almas.

Não percebeu quando alguém entrou na casa em chamas e saiu com Gustavo nos braços. Também não ouviu as sirenes dos bombeiros chegando e tentando apagar o fogo, que havia se alastrado. Não sobrou nada da casa, nem da loja, somente as ferragens retorcidas pelo calor intenso do incêndio. Os corpos carbonizados foram o único registro da presença humana naquele local. Não encontraram sinal do garoto. Por mais que perguntassem a Danilo, ele não respondia.

O delegado o algemou, sem que ele oferecesse resistência. Quando entrou no carro da polícia ele ainda usava a máscara vermelha com detalhes em preto. Um agente retirou aquela indumentária estranha, colocou-a em um saco plástico e ligou a sirene, rumando para a delegacia. Era mais uma loucura que iriam investigar e mais um louco deixando atrás de si um rastro de sangue e maldade.

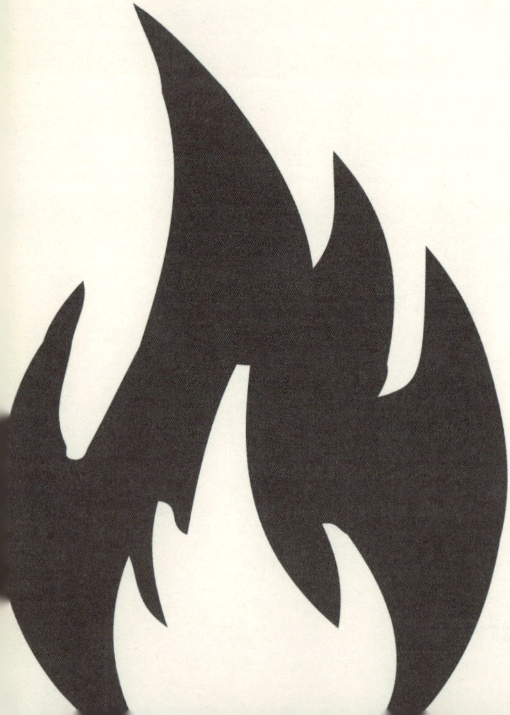

EPÍLOGO

Miqueias mudara-se para longe de Caetité. Vinte anos após aquela tragédia, ele ainda não conseguira entender o que se passara pela cabeça de Danilo. Gostara do menino desde o primeiro encontro e procurou ensiná-lo tudo aquilo que sabia. Esperava torná-lo o líder da igreja quando ele não pudesse mais atuar. Danilo era inteligente, sensível e crente nas palavras do mestre. Entretanto, Miqueias percebeu algum desvio perturbador em seu inconsciente. Ele, como um pregador, falava por metáforas, tentando elevar os conhecimentos de seus discípulos.

Quando ouviu de Danilo o que havia feito com Patrícia, entendeu o tamanho do desajuste que ele carregava dentro de si; um desequilíbrio interior profundo, maior do que todas as crenças, incapaz de se controlar e de amar as pessoas. Não seria o homem para liderar a sua igreja.

Pressentira naquela noite que ele poderia fazer uma besteira, cometer um desatino, por isso correu até a loja de manhã bem cedo, mesmo debaixo de uma chuva torrencial. Mas chegara tarde. Tudo de ruim já havia acontecido. Só tivera tempo de pegar o garoto e sair sem que ninguém o visse. Chegou em casa, chamou Clarissa e explicou o ocorrido.

– Não podemos levar o garoto dessa forma. A polícia virá atrás de nós e acabaremos nos complicando – disse a mulher.

— Não me viram entrar Clara. Esse garoto não tem ninguém por ele. Nós podemos dar o amor que ele não conseguiu receber — argumentou.

Depois dessa conversa, Miqueias convenceu Clarissa a ficar com o garoto. Fecharam a igreja e se mudaram para bem longe. Criariam o menino como seu filho e fariam dele o sucessor do templo. O que ele não tinha conseguido fazer com Danilo, teria a oportunidade e a paciência de fazer com Gustavo.

Miqueias conhecia a história desde o começo. Sabia da fixação de Danilo por Patrícia; era quase uma doença e quando o rapaz desabafava os sentimentos, ele o incentivava a lutar por isso. Nunca imaginara que ele pudesse provocar um estrago daquela magnitude.

Patrícia fora morta de forma cruel e impiedosa. A menina alegre e extrovertida não tinha conseguido ser feliz. Um ser humano desequilibrado, dotado de infinita maldade cruzara o seu caminho, tirando-lhe todas as chances de uma vida plena ao lado de seu marido e de seu filho. Miqueias nunca entendera por que Danilo deixara o menino viver. Deveria estar tão obcecado em matar Patrícia que não dera importância à presença do garoto.

Lembrou-se daquela cena macabra, quando decidiu pegar o garoto e levá-lo consigo. Ele já não tinha pai e agora que a mãe se fora, seria criado pelos avós. Isso se alguém chegasse a tempo de salvá-lo. De qualquer forma iria viver em um lar estranho. Em uma fração de segundos, decidiu que se era esse o destino do menino, ele dedicaria a sua vida a dar-lhe o amor que ele não teria de seus pais.

Anos depois Clarissa faleceu, fazendo com que a dedicação e o amor que ele sentia, fossem totalmente canalizados para dar o melhor que pudesse ao garoto. E havia conseguido, disso não restava nenhuma dúvida.

Deitado na cama do hospital e absorto nessas lembranças, Miqueias viu entrar um rapaz alto e bem apessoado na casa dos 25 anos, acompanhado de uma garota bonita, com aproximadamente

22 anos. Era Gustavo e sua namorada Sandra. Seu menino, que ele amava de todo o coração havia virado um belo homem. O rapaz beijou sua testa e disse:

– Olá tio Miqueias, como o senhor se sente hoje? O dia está muito bonito lá fora.

– Bom dia, Gustavo. Bom dia, Sandra. Hoje não estou me sentindo muito bem. Parece que está chegando a minha hora.

– Não diga isso, tio. O senhor ainda tem muito tempo pela frente. Vamos orar e acreditar em Deus.

Gustavo sabia que não era verdade. Fazia um mês que Miqueias havia sido internado com uma grave crise de insuficiência pulmonar. O médico dissera que os longos anos de tabagismo tinham minado suas resistências. Passara duas semanas na Unidade de Terapia Intensiva e tivera uma pequena melhora, mas nada que pudesse aliviar definitivamente os sintomas. Na noite anterior, por duas vezes precisou ser atendido emergencialmente. Era uma questão de tempo a sua despedida desta vida.

– Fico feliz que você tenha vindo me ver logo cedo. Quero te entregar esse cajado, para se lembrar de mim e para nunca se esquecer de sua missão – disse, entregando a peça a Gustavo.

Ele recebeu o cajado, uma peça leve com o cabo de metal cravejado. Gustavo virou-se para Miqueias e disse:

– Tio, lembra-se que o senhor prometeu contar sobre minha família? Eu tenho poucas lembranças da minha mãe e nenhuma do meu pai. Nunca vi uma foto deles.

Miqueias tirou duas fotos amareladas da carteira. Por mais de vinte anos ele guardara essas fotografias. Sua consciência sempre o cobrara de contar a verdade para Gustavo. Seu egoísmo e amor incondicional o tinha privado da coragem de se abrir com o garoto. Mas, agora, não fazia mais sentido. Precisava revelar para ele toda a sua história, mesmo que em pedaços e através de fotos desgastadas pelo tempo.

A primeira fotografia que ele entregou para Gustavo tinha três jovens que sorriam para a câmera. Dois rapazes e uma garota muito bonita. Gustavo segurou a foto e perguntou:

– Quem são eles?

– Estes são seus pais. Eles estão juntos com o melhor amigo deles. Nesta foto, eles deviam ter uns 16 anos. Seu pai morreu pouco depois de você nascer em um acidente. Sua mãe acabou falecendo em uma tragédia, quando você tinha 4 anos. Era uma mulher maravilhosa e te amava muito.

Miqueias entregou a outra foto para Gustavo. Nela, um casal era retratado em frente a uma casa. O homem passava o braço sobre os ombros da mulher que sorria timidamente.

– Estes são seus avós paternos. O nome dele é Florêncio e o dela é Iolanda. Eles moravam em Caetité e não sei se ainda estão vivos.

Gustavo pegou as fotos e ficou observando por alguns minutos. Sua mãe sorria ladeada por dois rapazes bonitos. Observou aquele que seu tio dissera ser seu pai e sentiu uma forte vontade de tê-lo conhecido. Fixou no outro rapaz e uma sensação estranha atravessou seu corpo. Desviou o olhar, voltando-se para Miqueias. Queria perguntar o nome dele. Seu tio dormia placidamente. Tocou em seu rosto, estava pálido e gelado.

Ele havia partido deste mundo, deixando para Gustavo algumas perguntas sem respostas.

Compartilhando propósitos e conectando pessoas

Visite nosso site e fique por dentro dos nossos lançamentos:
www.gruponovoseculo.com.br

facebook/novoseculoeditora
@novoseculoeditora
@NovoSeculo
novo século editora

gruponovoseculo.com.br

Edição: 1ª
Fonte: Garamond Premier Pro